KB169602

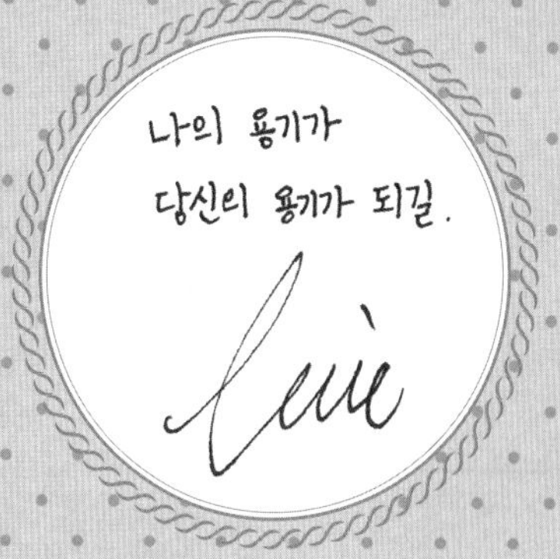
나의 용기가
당신의 용기가 되길.

연애하지 않을 권리

* 일러두기

책은 『』, 영화 · TV 드라마 · 애니메이션 · 다큐멘터리 등 영상물은 「」, 웹툰 · 만화책은 〈〉, 노래 제목은 ' '로 표기했다.

연애하지 않을 권리

혼자서도 완벽한
행복을 위한 선택

엘리 지음

서두를 필요는 없다. 반짝일 필요도 없다.
자기 자신 외에는 아무도 될 필요가 없다.

_버지니아 울프

제일 궁금한 연애 안부

방금 확인한 일기예보가 정확히 맞아 떨어진다면, 내가 탄 버스는 오페라하우스가 지척에 보이는 서큘러 선착장(Circular Quay)역을 지날 때 한차례 소나기를 만나게 될 예정이었다. 아침까지만 해도 분명 쨍하게 초가을 햇볕이 쏟아졌는데, 유리창에 비친 하늘은 언제 그랬냐는 듯 삽시간에 낯빛을 싹 바꾸고 구르릉 앓는 소리만 내고 있었다. '남 사정 내가 알 바냐? 쓰레빠냐?'라는 심드렁한 눈길을 던지는 듯한 하늘과 흔들리는 차창을 사이에 두고 한창 눈싸움을 벌이고 있을 때였다.

"까똑!"

고요한 버스 안, 한 치 앞을 예측할 수 없던 힘겨루기의 산통을 깨는 방정맞은 소리가 울려 퍼졌다. "까, 까, ㄲ, 까똑" 휴대폰 잠금 해제 패턴을 그릴 틈도 없이 연속으로 휘몰아치는 메시지

속에는 오랜만에 보는 친구의 이름만 살벌한 속도로 콰과강 찍히고 있었다.

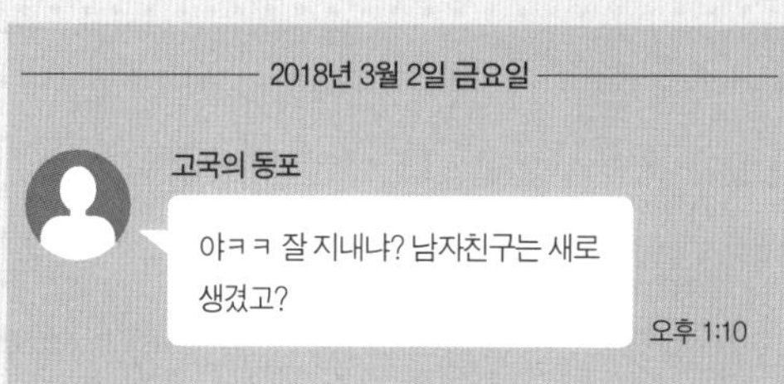

타국에서 굶어 죽지 않기 위해 먹고사니즘에 골몰하느라 '연애 기능 일시 정지(셧다운)' 상태에 접어든지 어언 수개월 차. 오랜만에 불쑥 연락한 친구는 무슨 바람이 분 건지 세계화의 직격탄을 맞은 내 청춘 사업장의 안녕을 캐묻고 있었다. '뜬금없이 웬 연애 안부?' 맥락 없는 친구의 메시지에 나는 피식 바람새는 헛웃음을 짓고 타닥타닥 답장을 하기 시작했다.

'Dobby is not free··· 아직 파란 눈의 주인님들에게 양말을 받지 못했어요··· 도비 자유··· 없어요··· 도비 24시간··· 모자라요··· 일해서 돈 벌어야 해요··· 배고픈 거 싫어요··· 추위 싫어… 가난 지겨워요….' 넝마가 된 헌 옷을 걸치고 커다란 눈망울로 해리 포터를 바라보는 집 요정 도비 짤(사진)을 첨부하며 혼자 킥킥거리다가 띡, 메시지 전송 버튼을 눌렀다.

나의 재치와 센스 가득한 답장에 내심 흐뭇한 미소를 지으며 아직 사라지지 않은 1버튼(까똑 안 읽음 표시)을 바라보고 있을 때였다. 나를 포함해 대여섯 사람 밖에 없는 버스 안에서 별안간 따닥, 딱, 따닥 하는 바둑알 부딪히는 소리가 들려오기 시작했다. 뭐야, 까똑같은 메시지 수신음인가? 시드니 한복판에서 그것도 나를 포함해 대여섯 명밖에 없는 버스 안에서 뜬금없이 들려오는 바둑 대국 소리에 화들짝 놀라 주변을 두리번거렸다.

"남자친구는?"

딱,

"애인은 있고?"

따닥,

"남자친구랑 얼마나 됐어?"

신입생 OT를 갔을 때, 동아리 MT를 갔을 때, 교양 수업 조별

모임을 할 때, 아르바이트에서, 신입사원 연수원에서, 첫 출근을 한 날, 낯선 사람들과 회동하는 자리에서, 오래간만에 재회한 지인들과의 술자리에서…. 친구의 연애 안부 문자가 트리거(Trigger)가 되어 '연애 근황'—과거에 인사치레랍시고 남들에게 빈번하게 강제 조회당했던—질문이 바둑의 대국처럼 한 집 두 집 복기되기 시작한 소리였다.

Q: 현재 남자친구가 있는가?

① YES라고 답한 경우	② NO라고 답한 경우
"그래? 남자친구는 몇 살인데?" "학생이야, 직장인이야?" "며칠이나 됐어?" "어디서/어떻게 만났어?" → 질문의 대상이 나에서 '남자친구' 또는 '그와 나의 관계'로 옮겨 감.	"왜 없어? 눈 높아?" "한창일 땐데 왜 남자친구 안 만들고." "남자친구도 없이 쉬는 날에 뭐 해? 심심하지 않아?" "전 남자친구랑 헤어진 지 얼마나 됐는데?" → '내'가 집중 폭격의 대상이 됨.

곰이 한겨울 동면에 들어가기 전 여름 · 가을철에 미리 체지

방을 비축하는 것처럼, 연애 동면기에 접어들 때마다 '그럴싸한 명목'을 미리 준비했다는 사실이 새삼스레 상기됐다. 조금 전 친구의 까똑 질문에도 '없어'라는 한 마디로 끝내지 못하고 여유가 없어 '못 한다'는 식의 사족을 덧붙이며 내 상황을 변호하지 않았던가? 의문은 계속 꼬리의 꼬리를 물고 번져가기 시작했다.

"연애하지 않고, 아무도 사랑하지 않는 상태가 왜 '비정상적'이라는 느낌이 드는 걸까? 왜 변명하고 싶은 기분이 드는 거지? 혼자인 게 둘인 것보다 떳떳하지 못할 이유가 도대체 뭐란 말인가?"

아니 땐 굴뚝에 연기 나지 않고, 어디서 듣도 보도 못한 소리를 무의식 속에 내면화하고 있을 수는 없는 법! 사랑과 연애에 관한 불편한 진실을 들쑤시고 다니는 '엘리'라는 페르소나가 탄생한 순간이었다. '프로불편러'라는 감투를 쓰고 일상에서 보고 겪고 들었던 에피소드를 증거 삼아, 사람들을 관계에 얽매이고 전전긍긍하게 만드는 배후를 파헤치기로 마음먹은 것이다. 뭘 위해서? 뭐… 일단은 재미있을 거 같으니까!

찾아라 비밀의 열쇠, 미로같이 얽힌 멋진 모험들!

진실은 언제나 하나!!

범인은 이 안에 있어!!

차례

Ⅱ. 아니, 이게 비즈니스지 무슨 사랑이에요?

Ⅲ. 아버지와 오빠에게 빚진 허락

Ⅳ. 킬 미, 쓰릴 미

◦ KILL ME 킬 미 ◦

◦ THRILL ME 쓰릴 미 ◦

I.
로맨틱 디스토피아

◦ 멜랑꼴리한 인생에 멜로라는 특별함 ◦

어떤 타인이 나를 전적으로 책임지기에는 나는 너무 비상하고, 까다롭고, 총명하다. 누구도 나를 완전하게 알거나 사랑할 수 없다. 오직 내 자신만이 나와 끝까지 함께할 수 있을 뿐이다.

- 시몬느 드 보부아르

| 연애라는 백야 현상 |

"예전엔 말이야, 너도 알다시피 내가 매사에 엄청 까탈스럽고 부정적이었잖아? 근데 A를 만나고 나서부터는 완전 변했어. 꼭 다른 사람이 된 것 같아. 이래서 다들 연애하나 봐."

카페 유리창에 빗방울이 송골송골 맺히는 어느 여름날의 오후였다. 뿌옇게 김이 서린 아이스커피의 얼음 조각을 빨대로 휘휘 저으며 지인 B의 이야기를 듣던 나는 새삼스러운 눈길로 그녀를 다시 쳐다보았다. 새로운 남자친구와 만난 지 100일이 좀 넘었다는 그녀는 확실히 몇 달 전보다 환한 낯빛을 하고 있었다.

"그래? 잘 됐다. 너 지난 학기 내내 엄청 우울해했잖아."

"신기해. 모든 게 똑같은데 누군가와 함께하게 된 것만으로 세상이 달라 보인다는 게. 이건 마치… 그래, 구원이라도 받은 것 같아."

그 뒤로 진행된 우리 대화 주제의 90%는 그녀 남자친구에 관련된 내용이었다. 그의 나이, 사는 곳, 성장 배경, 학교, 말버릇… 귀에서 진물이 흐르도록 그 남자의 TMI(too much information)를 들었다. 마치 다단계 소굴에 끌려간 어리바리한 신입생처럼 2시간 내내 옴짝달싹 못하고 생고문을 당한 것이다. 누군가 지나가다가 우산 끝으로 나를 툭 건드리기만 해도, 후두두 쏟아지는 물방울처럼 쉼 없이 그에 대해 읊조릴 수 있는 정도가 되어서야 비로소 그 자리에서 해방될 수 있었다.

그녀의 안부를 다시 듣게 된 것은 계절이 한 번 더 바뀌고 나서였다. '…술 먹자.' 전후 맥락도 없이 메시지 창에 찍혀 있는 세 음절을 보며 예사롭지 않은 상황임을 직감했다. 꼴깍, 마른침을 한번 삼키고 나서야 알겠다는 답장을 할 수 있었다. 뭔 일 있었구먼, 뭔가 있었어.

"짜잔! 서프라이즈~! 어제부로 A와 내가 1년 넘게 울고 웃으며 나눴던 약속들은 전부~ 물거품이 되었답니다! 하하…."

어둠 따위는 영원히 올 것 같지 않던 사랑도 한철 백야 현상에 불과했던 모양이다. 그녀는 족히 몇 시간은 운 것 같이 퉁퉁 부은 얼굴로 자신의 이별사를 줄줄 늘어놓기 시작했다. "네가 보기에도 그 상황에서 내가 잘못한 거 같아?" 일방적으로 '연애 강제 종료'를 당한 쪽의 얘기만 듣고 사건의 전후 맥락을 파악해야 하는 상황이었지만 나는 최선을 다해 추리하려 노력했다. 사건 현장을 낱낱이 파헤친 뒤 그녀를 가해자 용의선상에서 제외해주는 일이 슬픔을 위로하는 가장 효과적인 방법이라고 생각했기 때문이다.

"내가 더 이상 아무것도 아니게 된 것 같아…."

탁-. 그녀는 텅 빈 잔을 테이블에 떨구며 부검대 위에 적나라하게 해체된 지난 연애사를 복잡한 심경으로 내려다봤다. 체내의 급격한 옥시토신 분비를 일으켰던 둘의 첫 만남부터 고혈압 쇼크의 주범이라는 코르티솔이 최대치를 기록한 며칠 전 저녁까지… 둘의 연애사는 꼼꼼하게 염처리되어 '지나간 시절 연애'라는 이름의 영안실로 안치될 예정이었다. 그녀는 마침내 결심이 선 듯 술잔을 두어 차례 연거푸 비우고 흰 시트 끝자락을 움켜쥐었다.

| 구원의 사다리 |

그녀는 일상에 권태를 느낄 때나 삶의 무게에 짓눌릴 때면,

마법처럼 누군가가 자신의 인생 길목에 뿅 하고 나타나길 바랐다. 예전에 봤던 인기 드라마에서처럼, 골목에 쭈그리고 앉아 훌쩍이는 그녀에게 우산의 한 모퉁이를 내어 줄 다정한 마음 씀씀이를 가진 이를 말이다. 그녀에게 남자친구란 답답한 일상의 구세주였고, 그와 아기자기하게 꾸려갈 연애는 권태와 고통 사이를 시계추처럼 오가던 인생의 회생 절차이자 구원이었다.

"이번엔 네가 네 인생에 사다리를 내려줘 봐. 그럼 적어도 중간에 걷어채진 않을 거 아냐."

마음의 정원을 열심히 가꿔주는 듯한 관리인—애인, 친구 심지어 가족까지—들은 '공짜'로 부릴 수 없다. 그들이 나에게 정서적 지지를 보내고 조언하며 정보를 공유해주는 것은 기분과 정서에 따라 언제든지 들쭉날쭉할 수 있는 가변적인 것이다. 대게 그런 호의는 쌍방의 '관계 맺음'이라는 심리적 에너지 거래의 부산물인 경우가 많다. 그러니, 남에게 대가 없는 구원을 기대하지 마시라. 김밥천국 정수기에 붙어 있는 문구처럼 인생의 구원도 '셀프'다.

연애 장례식을 치르는 내내 무덤덤한 척했지만(당사자보다 서럽게 울 수는 없는 노릇이니) 사실 누구보다 절절하게 그녀의 슬픔에 공감하고 있었다. 나도 한때 연애를 일상생활에 특별함을 더해주는 '사랑의 기적'이라 굳게 믿던 때가 있었기 때문이다. 연애가 끝나는 것은 곧 '인생의 특별함'과 '나의 특별함'에 대한 사형 선고와 마찬가지라고 여겼었다.

I 사랑의 특별함을 모르는 당신은 불쌍해요 I

초등학교 저학년 시절, 나는 마법 소녀물 광팬이었다. 「세일러문」, 「천사소녀 네티」, 「웨딩피치」… 숱한 에피소드들 중에서 가장 기억에 남는 건 단연 「웨딩피치」의 마지막 회일 것이다. 이름하여 '마지막 결혼식(Last Wedding)'.

"사랑하는 것들은 모두 죽어라!"라고 외치는 마녀 앞에 힘없이 쓰러졌던 여주인공. 과연 이대로 악의 무리 앞에 무너지고 마는 것일까? 현장에 있는 동료라도 된 듯 나는 두 주먹을 불끈 쥐고 피치를 향해 소리 질렀다. "일어나! 피치, 일어나!!" 승기가 적진으로 완전히 기울었다고 생각되는 순간, 상처투성이 피치는 칠전팔기 정신으로 몸을 일으켜 남자 주인공과 함께 희대의 명대사를 날리며 함께 아비규환의 적진 한가운데서 대범한 키스 장면을 연출한다.

"사랑의 멋짐을 모르는 당신은 불쌍해요!"

"피치(은)는 남주인공(와)과 키스(을)를 시전했다!"

"보스 레인 데빌라(은)는 1,000,000의 데미지(을)를 입었다!"

"데빌라 전투불능. 피치의 승리!"

"데빌라(과)와의 승부에서 이겼다!"

"아아… 그(은)는 좋은 적군이었습니다…."

▲ 포켓몬스터 게임 연출 대사

열도의 애니메이션뿐 아니라 북태평양 건너 거대한 천조국 땅에서 탄생한 여성 캐릭터들의 운명도 피치와 크게 다를 바가 없다. 동서양 문화적 차이를 격감할 수 없을 정도로 유사한 스토리라인을 형성하고 있기 때문이다.

「백설공주」, 「신데렐라」, 「잠자는 숲속의 공주」, 「라푼젤」, 「뮬란」, 「미녀와 야수」…. 남성 주인공 서사에서 여성은 트로피 같은 존재나 부수적인 도움을 주는 역할로 등장할 뿐이지만, 반대로 여성 주인공 서사에서 남성은 역경 극복 단계에서 절대적인 도움을 주는 필수불가결한 존재로 등장한다. 그리고 그 도움은 대개 이성 간의 애틋한 감정을 매개로 촉진되고 발현된다.

「미녀와 야수」의 주인공 벨은 서양판 심청이다. 심청이가 심

봉사의 개안을 위해 공양미 삼백 석에 팔려갔다면, 벨은 아버지가 저지른 죗값을 대신 치르기 위해 야수의 성에 갇힌다. 배배 꼬인 성정을 가지고 있는 야수 때문에 마음고생을 하지만, 성주의 흉포한 겉모습 뒤에 감춰진 따뜻한 마음을 '발굴'해내는 데 성공한다. 마침내 스톡홀름 증후군에 사로잡힌 인질처럼 사랑의 감정마저 느끼게 된다. 한 줄 정리를 하면, 시골 마을의 평범한 처녀가 사랑의 힘으로 저주를 풀고 으리으리한 성채의 안주인으로 거듭난다는 '해피엔딩' 스토리다.

벨은 현명했다. 그녀가 만약 「노트르담 드 파리」에 나오는 에스메랄다처럼 '외모만' 멀쩡한 인물(게스톤)을 사랑했다면 죽음을 면치 못했을 것이기 때문이다(원작에서 에스메랄다는 꼽추 콰지모도가 아니라 바람둥이 페뷔스에게 마음을 주어 결국 파국을 맞는다).

「미녀와 야수」, 「노트르담 드 파리」 속 남자 주인공은 여자 주인공의 아름다운 자태만으로 호감을 느끼게 된다. 반면 여자 주인공의 경우, 남자의 겉모습 뒤에 감춰져 있는 내면의 아름다움을 현명하게 파악해야 하는 두 번째 미션이 추가된다. 그의 진짜 모습과 사랑에 빠져야 하는 이중 시험을 통과해야 진정한 히로인으로 거듭나는 것이다.

| 주인공의 조건 |

시간이 흘러 마법 소녀물과 디즈니 공주님 시리즈에서 졸업한 소녀들은 성인을 위한 동화인 드라마로 관심을 옮기게 된다. 여러분도 이 수순을 착실하게 밟아왔는지 확인하기 위해 깜짝 테스트를 진행토록 하겠다. 이름하여 '한국 드라마력 테스트'다.

(심리테스트용 말투로) 이 테스트는 꽤 정확한 편인 데다, 모든 문제를 푸는 데 걸리는 시간은 단 2분밖에 걸리지 않습니다! 질문을 읽고 난 후, 다음 줄로 내려가기 전 미리 답을 생각해 보세요. 테스트는 총 4개의 질문으로 이루어져 있습니다. 마음의 준비 되셨나요? 자, 그럼 이제 당신의 '한국 드라마력'을 시험합니다!

Q1. 드라마에 반드시 등장하는 관계 구도는?

정답 : 삼각관계.

→ 여주인공이 어떤 환경에서 어떻게 자랐든, 메인 스토리가 어떤 방향으로 흘러가든 남주와 서브 남주는 필연적으로 등장한다. 비슷한 비율로 남주 하나를 놓고 여주의 사랑의 라이벌이 등장하여 여 2 : 남 1의 삼각구도를 형성하기도 한다.

Q2. 메인 남자 주인공의 평균 재력 점수는?(0점: 흙수저 of 흙수저~100점: 페이스북 창립자 주커버그급의 재력가)

정답 : 85점 이상.

→ 메인 남주는 부잣집 도련님 또는 기업 총수, 이사님, 톱스타 등 각종 계열의 먹이사슬 최상위층에 포진해 있을 가능성이 높다. 또는 선천적 우월함을 지닌 캐릭터로 등장하거나(Ex. 초능력자, 똑똑한 엄친아 등).

Q3. 여 2, 남 1의 삼각구도를 이루는 경우 유복한 환경에서 자란 데다 '더 예쁘고, 능력 있게' 그려지는 여성 캐릭터는 누구일까?(메인 여자 주인공, 서브 여자 주인공 중 택1)

정답 : 서브 여주.

→ 모든 인생 승리 조건을 다 갖추었지만, 이상하게도 늘 연애에서는 삐끗한다. 어려서 우쭈쭈 공주 대접만 받고 자라온 터라 남주인공의 아픈 과거와 마음의 상처를 돌보는 데는 영 소질이 없기 때문이다.

여기서 잠깐! 돌봄 노동이란 정확히 어떤 의미인 걸까? 영국의 사회학자 앤서니 기든스는 여성들이 가족, 친구, 이웃 등 친밀성을 전제로 한 소규모 사회적 관계 속에서만 자신의 정체성을 형성하고 발달시키는 이유를 '공적 영역에서 배제된' 특수

한 환경 때문이라고 봤다. 가정으로 대표되는 사적인 영역에서는 개인의 비즈니스 역량이나 학문적 성취도가 중요치 않다. 가족, 친구, 이웃 등 친밀성을 전제로 한 소규모 집단 구성원들과 사회적 관계를 잘 유지할 수 있는 개인의 '성품'이 더 중요하다. '여성의 좋은 성품' 가운데 하나가 바로 '타인 돌봄'이다. 말이 좋아 돌봄 노동이지 경제적 이윤을 창출할 수 있는 공적 영역에 속한 가장과 자식들을 챙기는 행위인 '뒷바라지'와 '허드렛일', '감정노동'을 일컫는다. 다정함, 사려 깊음, 꼼꼼한, 야무진, 양보하는, 배려하는 등과 같은 형용사가 '아내로 적합한' 여성성을 수식하는 대표하는 말이 된 이유도 이런 배경에서 비롯되었음을 알 수 있다. 그러므로 '돌봄'이란 단어에는 언제나 자신보다 남을 먼저 챙기고 보살펴야 했던 여성들의 과거와 현재가 담겨있는 셈이다.

Q4. [복수 정답]남자 주인공을 만나기 전 여자 주인공의 인생은 대체로 어땠는가?(a: 쪽박과 재앙의 그 어딘가/ b: 평범, 무난, 별 볼 일 없음/ c: 이미 스스로의 인생의 주인공)

정답 : a와 b.

→ 웹툰, 영화, 드라마에 이르기까지 대부분의 스토리 속 여주인공은 별 볼 일 없고, 평범하고, 지루한 인생을 살다가 남주인공을 만나

인생이 특별해지는 마법 같은 순간을 겪게 된다.

| 두 번 돌아 띠동갑도 가능한 사랑의 마법 |

드라마 「나의 아저씨」의 공식 포스터는 선공개와 동시에 각종 커뮤니티 사이트를 돌며 뭇매를 맞은 사례로 유명하다. 단 두 장의 포스터가 인터넷 뉴스에 실릴 정도로 논란을 일으켰던 이유는 무엇일까? 잠시 문제적 포스터를 소환하여 찬찬히 훑어보도록 하자.

기다란 식탁 한쪽 끝에 홀로 앉아 편의점 캔맥주를 홀짝이고 있는 여주. 같은 테이블 다른 쪽 끝에 앉은 중년 남성들이 여유로운 미소와 함께 호프에 값비싼 안주까지 곁들이며 희희낙락 담소를 나누는 모습을 힐끗 곁눈질한다. 두 번째 포스터도 비슷한 톤 앤 매너를 유지한다. 여주가 삼각 김밥에 생수 하나로 끼니를 때울 때, 아저씨들은 오첩 가정식을 먹는다. 중년 남성의 사회적 자본(경제력, 경험)과 젊은 여성의 '싱싱한 육신'이 연애 혹은 결혼이라는 사회적 관계를 매개로 하여 교환된다는 『키다리 아저씨』 서사(가부장제 서사)가 노골적으로 드러나 있다.

세간을 논란으로 들끓게 했던 초창기 포스터 반응과는 다르게 본 내용은 단순히 '세대를 아우르는 상생 치유물'이라고 말하는 사람들도 있다. 살아온 세월만큼이나 상대적으로 풍부한 인생 경험과 상처가 있는 중년 남성이, 경제적 불안정과 경험 미숙으로 거친 삶을 살고 있던 젊은 여성을 만나 서로의 부족한 점을 보듬는 힐링 드라마라는 것. 그러면서 아재 파탈(아저씨+옴므파탈)이란 단어를 파생시키는 이유는 뭔지?

뭐, 백 번 양보해서 그들의 말처럼 이 드라마가 단순한 힐링 메디컬 드라마(?)라고 쳐보자. 드라마 속에서 반복 재현되고 있는 연령주의 서사는 무어라 변명할 것인가? 드라마에 등장하는 여주의 또래인 서브 남주(사채업자)를 삐뚤어진 사랑법밖에 모르는 철부지로 설정한 이유는 무엇일까? 이를 좀 더 직관적으로 풀어보자.

나를 좋아하는 동급생. 아직 정신연령이 어린 탓에 내가 친구들과 놀고 있을 때 몰래 다가와 고무줄을 끊고 도망가거나 아이스께끼를 하며 나를 괴롭힌다. 철부지 같은 모습에 씩씩거리며 선생님께 하소연 해봐도 돌아오는 대답이라곤 "아이고, ○○가 너를 좋아해서 그런가 보다"가 전부다. 때로 그 녀석의 도가 지나친 장난 때문에 팔다리에 멍이 시퍼렇게 들어도 마찬가지다. "너를 좋아해서 그래. 아직 어려서 제 감정을 표현하는 데 서투

른가보다."

좋아한다며 정작 나를 괴롭히는 12살짜리 동급생과는 다르게 센스 있게 배려해주고 다독여주는 36살 동네 삼촌. 아저씨와 나는 띠가 같다. 그것도 두 번 돌아 띠동갑이다(실제 드라마에서 여주인공 나이는 21살, 남주인공 나이는 45살).

아저씨는 역시 나이를 먹을 만큼 먹고, 살아 볼 만큼 살아서 그런지 성숙한 어른처럼 나를 잘 이해해주고 다정다감하다. 흙수저 집안에서 가난하게 자란 터라 드세고 거칠지만, 외려 아저씨는 그런 나를 씩씩하고 당돌하다며 귀여워한다. 때로는 날 보며 복잡 오묘한 표정을 짓기도 하신다. 세월의 풍파를 맞고 놓쳤던 감정들을 내가 다시 자극해준다나 뭐라나. 나를 꼬마로만 보는 아저씨를 위협하기 위해 입술 뽀뽀를 과감히 감행하기도 하지만, 오해는 금물! 우리는 절대 사랑하는 사이가 아니다. 아저씨가 나를 바라보는 눈빛이 끈적해질 때가 있는 것 같지만 우리는 단순한 상생 치유 관계일 뿐!

| 영원히 고통받는 신데렐라 |

『키다리 아저씨』 내러티브와 마찬가지로 몇 세기가 지나도록 닳지도 마르지도 않는 보고가 하나 더 있다. 바로 신데렐라 스토리다. L사에서 제작한 「첫 키스만 일곱 번째」라는 웹드라마는 면세점 서비스 데스크에서 근무하는 말단 여직원이 영화처럼 7명의 만찢남(만화를 찢고 나온 비주얼)과 엮이는데, '멜로에서 막장, 액션, 스릴러까지 블록버스터 로맨스 드라마'를 찍으며 평범하기 짝이 없던 일상을 특별하게 만든다는 것이 주 내용이다.

'사학루등(사탄들의 학교에 루시퍼 등장이라…)'이라는 희대의 명대사를 남긴 드라마 「상속자들」도 마찬가지다. 부모에게 '상속받은 거라곤 가난 밖에 없는' 여주인공은 사회배려자 전형으로 재벌 2세들이 다니는 명문 고등학교에 들어가서 재벌 아들과 만나 일생일대의 전환기를 맞이한다.

드라마 「도깨비」에서는 대한민국의 평범한 고3 수험생이자, 어릴 때부터 귀신이 보여 왕따로 지낸 불행 서사까지 겸비한 여주인공이 등장한다. 그러나 그녀의 우울한 인생은 935년 동안 도깨비로 살아온 남주인공의 신부로 '발탁'되면서 한순간에 로맨틱하게 변하는 마법을 겪는다.

최근 드라마화된 웹툰 〈김비서가 왜 그럴까〉에 등장하는 여주 이야기는 '어릴 적 어머니는 병으로 돌아가셨고, 악기 상점을 하다 사기를 당한 아버지는 사채를 끌어다 썼다. 그래서 아버지의 뒷수습을 돕고 의대생 언니 두 명의 등록금을 대기 위해 대학 진학도 포기하고 악착같이 돈을 벌었다'로 시작한다. 가난+불행 서사를 답습하는 고전적 캔디형 주인공이다. 물론 여기서 유명 그룹 부회장으로 등장하는 남주와 얽히며 그녀의 인생은 예상대로 럭키럭키☆체인지!

영화와 드라마로도 제작되는 등 선풍적인 인기를 끈 웹툰 〈치즈 인 더 트랩〉. 매사 무난함을 추구하며 남들 눈에 띄지 않고 묻어가는 인생을 지향하는 평범한 여대생 홍설이 주인공이다. 그녀의 평범하기 그지없던 캠퍼스 생활은 뭐 하나 빠지는 것 없는 남대생 유정을 만나며 역시 So☆Special해진다.

지금까지 나열된 작품들 속 남자 주인공들의 특징을 눈치챘는가? 이들은 모두 가난하지 않고, 평범하지 않다. 서자가 아닌 성골, 재벌, 똑똑한 스펙남, 이사장님, 심지어 초능력자까지 사회 속 기득권층으로 등장하는 것이다.

| 딱한 독신들 |

그렇다면 남성의 선택을 받지 못하는 여자, 즉 남자에게 사랑받지 못한 여자들은 영화 및 드라마 속에서 어떻게 그려지고 있을까? 그녀들은 자기혐오에 빠져 있고, 우울하고 비관적이며, 남성의 간택을 받기 위해 온갖 술수를 쓰는 캐릭터로 등장한다. 「막돼먹은 영애 씨」라는 드라마의 주인공 영애 씨 캐릭터 프로필은 이 모든 설정을 한데 집약해서 보여준다.

'어느덧 3년 차 CEO, 불황과 싸우며 승승장구하는 중! 사업은 1보 전진했는데… 연애 사업은 아직도 제자리걸음?! 나이 마흔에 아직도 연애 중, 이젠 NO 처녀이고 싶다! 해피엔딩을 꿈꾸는 그녀의 네버엔딩 고군분투를 기대하시라~ 「막돼영애」에서 '막영애 주인공은 나야 나'와 '결혼이 급한 사람 나야 나'를 맡고 있다.'

연애 사업이 잘 진행되고 결혼에 골인하여 NO 처녀가 되지 않는 한 그녀의 인생은 해피엔딩일 수 없다. 고군분투 서사만 '네버엔딩'으로 이어질 뿐이다.

이 밖에도 영화를 비롯한 다양한 대중 매체에서 능력 있는 커리어 우먼은 가정은 뒷전으로 내팽개치고 일에만 몰두하는 워커홀릭, 공감 능력 없는 사이코패스처럼 그려질 뿐이다. 영화 「악마는 프라다를 입는다」의 미란다, 그리고 「101마리 달마시안」의 크루엘라를 떠올려 보시라. 자신이 일하는 영역에서 나름 선방한 여성들은 한결같이 외로움에 치여 히스테릭해진 인물로 묘사된다. 남의 인생과 가정을 풍비박산 내고 싶어 온갖 심술이란 심술은 다 부리는 인물로 등장하지 않던가?

| 왕자 없이는 공주도 없어 |

연애와 결혼을 통해 인생 역전 드라마와 신분 상승을 꿈꾸는 여성들은 현실에 넘쳐나지만 반대로 '셔터맨'을 꿈꾸는 남자가 드문 이유는 이러한 맥락 속에서 찾아볼 수 있다. 똑같이 미디어 속 가상 인물들의 러브 스토리를 보고 자랐음에도 남성은 '영웅이 미인을 차지한다'라는 셀프 성취 스토리에 이입하며 자란다. 반면 여성은 '나의 인생을 특별하게 해줄 왕자님' 서사에 이입하며 성장하기 때문에 여자와 남자가 가지는 희망사항은 나침반의 바늘처럼 서로 등을 진 채 정반대를 가리키게 된 것이다.

이쯤에서 혜화동의 한 조촐한 술집 한구석에서 눈물로 파전에 간을 치고 있는 지인 B를 다시 만나보자. 혼자 소주를 두 병째 비우다가 "내가 더 이상 아무것도 아니게 된 것 같아…"라고 한숨지으며 내뱉는 그녀의 대사가 좀 더 의미심장하게 다가오지 않는가? 그녀가 어릴 적부터 보고 자란 동화, 만화, 드라마, 영화 속 여자 주인공들은 자신을 아끼고 사랑해주는 누군가가 나타나기 전엔 스스로를 특별하게 생각하지 못했다. 사랑과 연애, 그리고 로맨스가 존재하지 않는 한 그들의 인생은 특별한 한 편의 스토리가 될 수 없었기 때문이다.

| 원시적인 두려움 |

우리는 기억나지 않는 어린 시절부터 매스미디어를 통해 홀로 생을 영위하는 것은 비주류가 되는 것, 언해피엔딩을 맺는 것, 불행한 삶의 국면으로 접어드는 것이라는 메시지를 학습하며 자란다. 특히나 여성의 경우, 가족이란 바운더리 밖에 '남겨질' 경우 신변뿐만 아니라 사회적 여성성—엄마, 아내 등의 역할—을 상실한다는 메시지도 주입받으며 사회화된다. 일반적으로 가부장제 사회에서는 결혼 전에는 아버지가, 결혼 후에는 남편과 아들이 여성의 경제적 안정성과 사회적 지위를 보장하기 때문이다. 그러니까 부권제 사회에서 '비혼 하기 좋은 날씨다'라며 여자 혼자 1인 가구를 꾸리겠다고 선포하는 것은 곧, '자발적 사회 비주류가 되어 모든 사회적 혜택에서 소외된 채 살아가겠습니다'라고 공포하는 것과 마찬가지다.

반면 남성들은 여성과는 다른 의미로 홀로가 되는 것을 두려워한다. 한국 사회에서 가부장이 되어 한 가정을 꾸리지 못하는 남자는 종종 '그럴 능력도 없는 놈' 취급을 받기 때문이다. 이를 두고 남성들은 여성들이 '사회적 코르셋'을 입듯 그네들도 맨박스(Manbox, 남자를 둘러싼 고정관념의 틀을 지칭하는 용어)라 불리는 '갑옷'을 입어야 하는 신세라며 고충을 털어놓는다. 가부장제의 계승자로서 짊어져야 할 사회적 책임과 그 역할 수행이 때로는 버겁게 느껴진다는 것이다.

자기네들끼리 벌이는 정치적 알력 싸움에서 순위권 밖으로 밀려난 남성들은 자신 역시 여성과 같은 가부장제의 피해자일 뿐이라고 주장하기도 한다. 홈그라운드에서 열심히 뛰다가 경기 종료 10분을 남겨 놓고 벤치로 돌아온 주전 선수가, 공 한 번 제대로 못 차본 만년 후보 선수들에게 '너무 힘들다'며 투덜거리는 모습이 겹쳐 보이는 것은 기분 탓일까. 뭐, 어쨌거나 서로 다른 위치에 있어도 여자건 남자건 모두 제 나름의 고충이 있는 모양이다.

| 사랑이라는 이름의 모르핀 주사 |

사람들은 다양한 사회적 장치로 인해 유발되는 상대적 박탈감과 공허감을 다른 누군가의 존재로 잊을 수 있다고 굳게 민

고 있는 것 같다. 지금 이 순간 내 귓가에 속삭이는 연인의 목소리, 왁자지껄한 친구들의 웃음소리, 쉬지 않고 울리는 메시지 창… 불확실한 미래에 대한 두려움을 마비시키는 방법은 휘발성 강한 자극적 콘텐츠에 몰두하는 것이라고 미디어를 통해 학습한 탓이다. 드라마와 영화, 웹툰을 통해 사랑과 로맨스, 심지어 가족애와 우정까지 학습한 우리는 현실 세계에서 그와 비슷하게 흉내 낸다. 가난에 찌들고 우울했던 여자 주인공도 사랑에 빠지니 로맨틱 코미디로 인생이 변한 것처럼, 나의 멜랑꼴리한 현실도 드라마처럼 바뀌리라는 기대감으로 말이다.

"대중문화를 구성하는 콘텐츠 대다수가 사익 추구를 위한 기업가들의 상업용 자본으로 만들어진 거라고? 그래서 그게 뭐 어쨌다고! 다음 편 드라마에 최애(가장 좋아하는 인물)가 죽느냐 사느냐가 판가름 나는 시점에서 그게 뭐가 중요해? 안물안궁(안 물어봤고 안 궁금해, I didn't ask and I don't care)!"

대중의 움직임을 통해 이익을 취하는 실세들은 우리의 사고회로가 단순해지면 단순해질수록 편해진다. 히틀러가 "국민을 다스리기 위해 필요한 것은 빵과 서커스다"라고 이야기했던 것과 제5공화국 시절 전두환이 3S 사업에 치중했던 것은 이와 같은 맥락에서다.

엄청난 비약처럼 들릴지도 모르는 얘기지만, 이 3S 사업 중 한 기둥을 차지하는 스크린에 걸렸던 영화들도 거의 사랑 얘기가 아니었던가. 그들에게 사랑은 고결한 이상적인 가치가 아니라, 모르핀 주사 같은 통치 도구—올더스 헉슬리의 소설 『멋진 신세계』에 등장하는 소마라는 이름의 마약 같은 존재—중 하나일 뿐이다. '사랑에 빠지니 온 세상이 아름다워 보여요!' 내가 사랑에 빠지는 시점을 기준으로 온 우주가 약속이나 한 듯 '자, 지금부터 아름다운 세상, 큐!'라고 외쳐가 아니라, '내가 사랑에 빠졌으니 이제 모든 것이 아름다워 보이겠지'라는 알고리즘이 효과적으로 작동하는 덕분이다. 로맨스 모르핀은 여러 가지 매스 미디어 콘텐츠를 통해 '사랑 만물설'의 슈퍼 긍정 회로를 돌리도록 전파되어왔기 때문이다.

이 얼마나 편리한 도구인가! 이제는 민간인들이 혐생(혐오스러울 정도로 엉망진창인 인생)에서 아우성칠 때 신비한 로맨스 묘약 한 방울만 똑- 떨어뜨려 주면 곧 터질 듯 부글부글 끓어오르던 분노가 삽시간에 잠잠하게 수그러든다니. 로맨스라는 개념을 창시한 이는 노벨 평화상을 받았어야 마땅했다.

현생의 모든 통각을 한순간에 잊게 만드는 묘약, 그것은 바로 사랑!

| 감춰진 비용, 사랑의 대가 |

조금 매정하게 들릴지도 모르겠지만 사랑에도 대가가 있다. 연애라는 역할극을 통해 모종의 심적 위안을 얻게 되면 응당 그에 대한 비용을 치러야 한다는 얘기다. 감정처럼 눈에 보이지 않고, 손으로 결을 쓰다듬을 수 없는 무형의 것들도 모두 나름대로 제값이 매겨져 있는 세상이라 어쩔 수 없다. 구체적으로 어떤 책임을 져야 하냐고? 다행히(?) 그리 복잡하지는 않다. 당신의 감정 기복과 외로움을 연인에게 부채처럼 빚지기만 하면 된다.

관계에서 비롯된 감정에 채무라는 개념을 가져다 붙인 것이 불편하게 느껴지는가? 차라리 빚지는 감정만 느끼고 말면 다행이게. 진짜 심각한 문제는 이 사랑이란 모르핀에 대한 의존도가 높아질 때 나타난다. 타인의 존재 없이는 자신의 정체성을 규정할 수 없는 관계 의존증이 발병되기 때문이다. 사랑에 취하는 탐닉(addiction)의 아슬한 경계선을 넘어선 중독(poisoning)의 시작이다. 이렇게 이성이 마비된 의존증에 빠진 사람들은 사랑이라 불리던 관계를 숙주와 기생체 관계로 변질시킨다. 숙주는 기생체를 가능한 한 오래 붙잡아 두기 위해, 관계라는 이름의 제단 앞에 자신의 자존감을 서슴없이 바친다. 본인의 감정과 에너지를 갈아 넣어야만 굴러가는 알고리즘을 완성하는 것이다.

이런 눈물겨운 숙주의 노력에도 불구하고 지독한 러브스토리는 언해피엔딩이다. 대개 기생체에 양분이 다 빨리고 난 뒤 껍데기인 채로 버려진 숙주가 또 다른 사랑(기생체)을 찾아 여기저기 흐느적거리며 헤집고 다니는 좀비물로 엔딩을 맞이하기 때문이다. 컷, 디졸브. "외로워… 외로워…" 텅 빈 눈동자로 사람의 체취를 찾아 헤매는 좀비들의 입에서 새어 나오는 나지막한 비명만 폐허가 된 도시 속을 가득 메운다. 페이드 아웃. 엔딩 크레딧이 올라간다.

| 행복의 장치 |

양극단으로 휘몰아치는 감정의 급류에서 한 발짝만 떨어져 나와 쌕쌕거리는 숨을 고르다 보면 이런 질문이 슬쩍 고개를 들지도 모른다.

"내가 목매고 있는 행복의 이미지를 만들어낸 놈들은 도대체 누구지?"

시청각 자료를 통해 주입된 행복 스토리와 연출을 도대체 자신이 언제부터 만고불변의 진리처럼, 때로는 신앙처럼 받들고 있었는가에 대한 회의감이 들기 시작하는 것이다.

○ 아무도 찾는 이 없이 쓰러져가는 초가집에서 쓸쓸히 눈을 감는 독거노인

○ 커리어적으로 승승장구하지만 혼기를 놓쳐 밤마다 독한 위스키와 수면제로 외로움을 달래며 잠이 드는 싱글

○ 이것저것 재는 것만 많아서 '누군가의 진정한 내면'을 보지 못한 채 외적인 것, 경제적인 면만 좇다가 뒤늦게 후회하는 비련의 서브 주인공

○ 진정한 사랑이 담긴 키스를 받기 전엔 영원히 저주에서 깨어날 수 없는 잠자는 숲속의 공주

○ 진정한 사랑을 시작하기 전엔 따뜻한 심장을 가진 인간으로 돌아올 수 없는 야수

○ 국왕의 사랑을 독차지하지 못해 독사과를 만드는 계모

○ 왕세자의 사랑을 대신 받기 위해 이복동생을 우물에 빠뜨리는 언니

대중문화와 미디어가 찍어낸 행복과 불행, 사랑과 불모의 이분법적인 대립 구도와 연출들은 얼마나 극단적이었는지. 다른 사람의 존재의 그늘 없이는 결코 달성할 수 없도록 꾸며 놓은 행복의 이미지는 얼마나 교묘하게 장치되어 있었던지.

만약 우리가 이런 얘기들 대신 아래와 같은 주인공들을 보고 자랐다면 어땠을까?

○ 은퇴 후, 한적한 시골의 초가집 기거하는 독거노인이 아기자기한 자신만의

텃밭을 가꾸고, 반려동물을 키우고, 취미 생활을 하며 소소하게 전원 생활을 즐기는 모습

○ 자신의 전문 분야에서 승승장구하는 커리어우먼이 밤이면 오피스텔에 차려 놓은 자신만의 미니바에서 좋아하는 브랜드의 위스키를 즐기는 모습

○ 무턱대고 한순간의 감정에 인생을 걸지 않고 이것저것 따지고 재던 여성. 시간이 흐른 어느 날, 무모한 선택을 하지 않았던 과거 속 자신의 모습에 안도하며 가슴을 쓸어내리는 모습

○ '꿈 속 모험에서 진정한 자신의 자아를 발견하는 과제'를 수행하고 저주에서 풀려나는 숲 속의 공주

○ 야수의 모습이지만 자신에게 선입견을 가지는 주민들에게 먼저 다가가 인심을 얻는 성주의 모습

○ 국왕의 사랑을 받는 것이 인생의 목표가 아니라, 국왕보다 국민에게 존경받는 정치인이 되는 것이 목표인 왕비

○ 왕세자를 우물에 빠뜨리고 이복동생과 함께 조정 실세를 휘어잡을 야망을 키우는 언니

자신의 감정과 사고에 주도권을 잃게 만드는 구닥다리 서사에 당신의 인생을 투영하지 말라. 타인이 나의 행복을 하드캐리해야 하는 구조에 '언제적 이야기'냐며 식상하다고 코웃음을 치자. 인생을 로맨틱 코미디나 정통 멜로물이 아닌 「TED」, 「세바

시(세상을 바꾸는 시간)」와 같은 토크쇼에 소개되는 연사의 스토리라고 가정해보라. 「내셔널지오그래픽」과 같은 다큐멘터리 채널에서 다뤄지는 위대한 인물의 성공사라고 생각해보라. 청중이 기대하는 것은 일개 백마 탄 왕자님 스토리가 아닐 것이다. 무언가를 욕망하고, 도전하고, 실패했으나 다시 툭툭 털고 일어나 덤볐던 스릴러를, 그리하여 결국 상처투성이인 손으로 목표물을 거머쥔 숨막히는 서스펜스를 기대할 것이다.

삶의 목표를 로맨스로 한정 짓고 살아가기엔 당신의 꿈과 욕망이 너무 버라이어티하지 않은가?

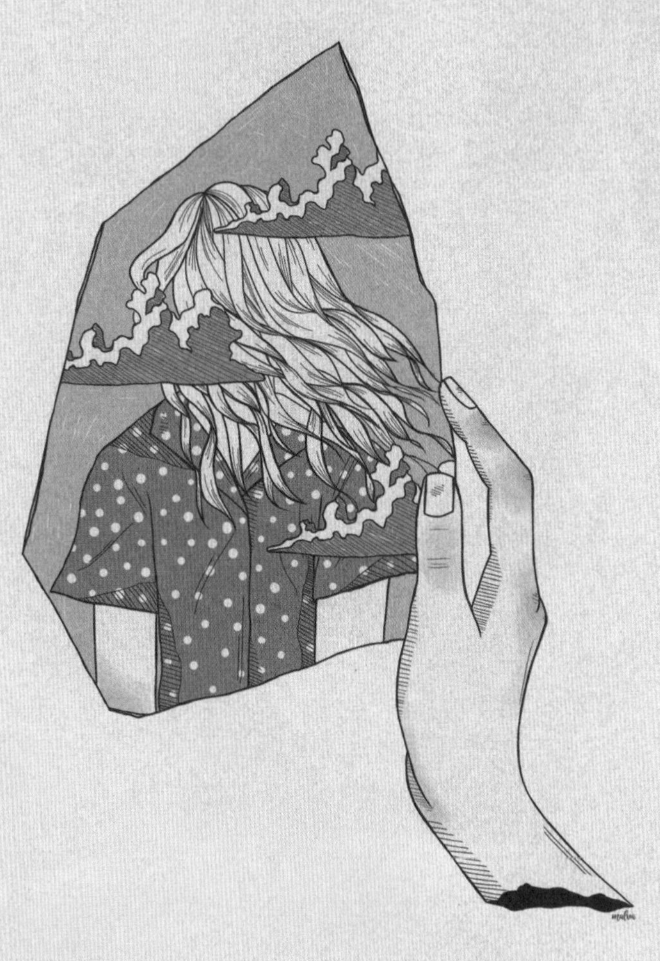

◦ 나보다 남들이 더 신경 쓰는 내 연애 ◦

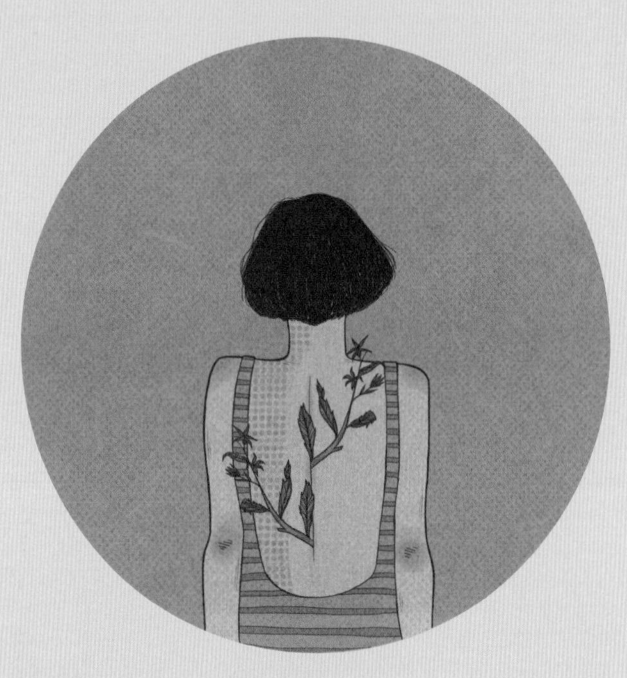

현대사회는 거창한 구경거리의 사회가 아니라 감시의 사회이다. 개인이라는 허울 좋은 전체성은 우리의 사회질서에 의해 절단되고, 억압된다.

- 미셸 푸코, 『감시와 처벌』

"연애하기 좋을 나이인데 왜 남자친구 안 만들고."

"주말에는 남자친구랑 데이트해야지."

"물 들어올 때 노 저어야 한다. 남자는 많이 만나 볼수록 좋은 거야. 그래야 좋은 남자 보는 눈도 생겨."

"네 나이가 몇인데 아직까지 모쏠이냐? 어디 하자 있는 거 아니야?"

"너 30살까지 섹스 못하면 마법 쓸 수 있게 되는 거 알고 있어? 호그와트 입학이 꿈이야?"

"다들 그렇게 게이(동성애자)가 되는 거라더라."

"연애 1년 이상 쉬면 연애세포 죽는 거 몰라? 나중엔 하고 싶어도 못해."

"왜…? 그러다가 막상 좋은 남자 찾으려면 다 채가고 없어."

한국에서 이런 질문들을 받는다면 대답할 때 신중에 신중을

기하길 바란다. 행여나 의식의 흐름대로 '요즘 딱히 연애에 관심이 없어서요'라던가, '아직 남자 만날 생각 없어요', 혹은 '제 인생 살기도 바빠요'라고 운을 떼었다가는 그대로 손목에 수갑이 채워져 헬게이트행 급행열차에 강제 탑승할 위험이 있기 때문이다. 열차는 "네가 아직 좋은 남자를 못 만나서 그런 생각 하는 거야" 또는 "왜 과거에 크게 데인 적 있어?"라는 멘트로 운행을 시작한다.

I 연애 자율방범대원 I

어느 누가 부탁하지도, 요청한 적도 없지만 제 스스로 알 수 없는 출처 불명의 사명감에 차올라 두 팔 걷어붙이고 남 연애사에 뛰어들어 장광설을 읊는 이들을 편의상 '(연애) 자율방범대원'이라 칭하겠다. 이 개념이 낯선 분들을 위해 특징을 한 눈에 파악하기 쉬운 도감 형태로 정리해보면 다음과 같다.

타이틀	자율방범대원
분류	오지라퍼
타입	조동아리
특성	불굴의 마음
주요 무기	'협박'과 '핍박'이라는 이름의 두 가지 자(Ruler)

양 미간을 씰룩거리며 '왜 그렇게 생각하는데?'라고 되묻는 것은, '네 대답을 진지하게 경청할 생각 따윈 X도 없지만, 뭐라고 지껄이는지 들어나 본 다음 너를 뚜드려 팰 것이다'라는 신호이니 경계할 것.

이들은 초소 안에서 불철주야 대기를 타다가, 잠재적 피해자들을 감지한 순간 때와 장소를 가리지 않고 급습해 검문검색을 벌인다. '협박'의 매를 든 대원들은 '(연애 · 결혼 · 출산의) 적절한 때를 놓친다'는 식으로 여성을 몰아세우며 초조하게 만들고, 남성에겐 '멀쩡하게 남자 구실 못하는 놈'이라며 가부장 사회에서 가부장이 될 능력도 없는 인간 취급하는 식으로 면박을 준다.

표현이 잘 와 닿지 않는가? 그렇다면 지금부터 현실에서 시시각각 세워지고 있는 자율방범대원들의 업적 및 기념비들을 조금 더 구체적으로 엿보도록 하자.

| 때 놓친 여자 |

바야흐로 재작년 초. 당시 필자가 근무하던 부서의 본부장은 자신을 제외한 모두가 부담스러워하는 새해 인사를 돌리고자 각 팀 파티션을 순례하고 있었다. 층을 벗어나기 전 O팀 앞에서 열심히 직원들을 향해 아밀라아제를 분무하고 있던 본부장은 때마침 자리에 착석한 30대 초반의 H 대리를 발견하고는 마치 누군가 'Drop the Beat!'라는 구호를 외친 것처럼 속사포 랩핑을 쏟아 내기 시작했다.

"H 대리, 올해 내 소원이 뭔 줄 알아? 우리 H 대리 시집가는 거야. 더 늦으면 노산이라 산모랑 아이한테 둘 다 안 좋은 거 알지? 산모 나이가 많을수록 아이 아이큐가 낮대, 아이큐가! 올해는 꼬옥~ 시집가서 이 늙은이 소원 이뤄주는 거다?! 주변에 동료들도 가만히 있지 말고 다들 선 자리 연결해 주라고, 얼른얼른! H 대리는 매주 월요일에 내 방으로 들어와서 누가 주선해 줬는지 보고해! 인사평가에 반영할라니깐!"

저녁이면 관 속에서 눈 감을 것 같은 늙은이의 오지랖이라며 웃어넘기기엔 이미 사내에서는 H 대리를 향한 2차, 3차… N차 가해자들이 차고 넘치고 있는 상황이었다.

자기들 멋대로 정한 '결혼 적령기에 접어든' 30대뿐만이 아니라, 20대임에도 본인 커리어 개발에 힘쓰느라 연애할 여유가 없는 이들 역시 열심히 두들겨 패기 바쁘다. "한창 좋을 나이에 연애 안 하면 나중에 괜찮은 놈, 좋은 놈 다 채가서 아무도 없다?" 도대체 그들에게 '좋은 놈, 괜찮은 놈의 기준'은 무엇일까? 막상 객관적인 기준에서 괜찮아 보이는 상대가 있다 한들 세계

관, 가정환경, 성격, 취향 등 교제 전 고려해야 할 세부 사항이 얼마나 많은데? 하지만 이렇게 따지고 들었다가는 제대로 된 토론은커녕 '네가 그래서 연애를 못하는 거'라고 따귀 맞고 쫓겨날지도 모른다.

참나, 연애가 무슨 고스톱이냐고. 대충 짝 맞다 싶으면 GO 하고 보게.

연애 공백기가 길어지는 사람들에게는 '넌 너무 이것저것 따져서 문제야', '현실 연애하고 싶으면 눈 좀 낮춰', '그러다가 결혼 못한다'고 겁을 주는 것도 황당하긴 마찬가지다. 굳이 자신이 세운 이상적 반려인의 허들까지 낮춰가며 울며 겨자 먹기로 꾸역꾸역 연애와 결혼의 바짓가랑이를 잡고 늘어져야 할 이유가 도대체 뭐란 말인가?

그들에게는 미안한 얘기지만 오늘날의 여성들은 '남성 가족의 대를 이어주기 위한' 결혼이 그들의 바람만큼 간절하고 절실하지 않다. 주변에서 시집가고 아이 낳는 게 너무 절박해서 우크라이나나 베트남 또는 필리핀에서 신랑 사 오는 여자 이야기를 들어본 적이 있는가? 선배 세대의 기나긴 투쟁 끝에 (드디어) 염색체와 상관없이 고등교육의 수혜를 받기 시작한 여성들은 점점 결혼이란 제도의 밑바닥을 제대로 파악하기 시작했다. 자신의 인생의 한 부분을 몰수당하고, 재생산 능력과 가사 및 육아 노동 서비스를 무상으로 착취당하면서까지 가부장제의 부역자가 되고 싶어 하지 않는다는 이야기다. 우리가 연애와 결혼에 심드렁해지는 이유다.

| 구실 못하는 남자 |

반면 자율방범대원들의 사상 검증 타깃이 남성일 경우 질문 레퍼토리는 180도 바뀐다. 그들이 확인하고 싶은 것은 한 가정을 꾸릴 만한 능력을 갖춘 '진짜 수컷'인가이다.

입사 후 상사들의 결혼식이나 돌잔치에 참석할 때마다 늘 혼자였던 30대 끝물 D 과장이 어느 날 곧 결혼할 사이라며 한 여성분을 행사 자리에 대동했을 때, 팀장님들 사이에서 격려랍시고 쏟아지던 말이 아직도 귓가에 생생하다. "우리 D 과장, 40살 전에 드디어 어른 됐네, 어른."

그전까지는 직장동료나 상사들에게 "멀쩡한 놈이 뭐가 부족해서 아직까지 장가를 못 가고 있어"라는 타박을 받았던 D 과장. 결혼을 통해 한 가정의 가장 자리를 획득하며 마침내 자신이 부양 능력(=경제적 자원, 가장이라는 사회적 지위)을 갖춘 '진짜' 남성임을 기혼 수컷 무리 사이에서 증명해 낸 셈이다.

여기서 황당했던 점! 앞선 예시에 등장했던 30대 초반 H 대리에게는 동갑이나 연상을 소개해주는 분위기였던 반면 D 과장에게는 20대 여성, 심지어 대학생까지 소개팅 물망에 올랐다는 사실이다. "아직 졸업 안 한 동기나 후배들 중에 예쁜 애 없어? 내 꿈이 대학생 잘 키워서 결혼하는 거거든. 12살, 13살차이 정도는 내 경제력으로 커버할 수 있다니까?"

| 숙맥과 천연기념물 |

모 대학 모 학과 남학생들과의 3:3 미팅 자리에서 겪었던 이야기다. 술 게임을 통해 오가는 술잔 속에서 분위기가 한창 무르익고 있을 무렵이었다. 커플을 정하기 전 몸풀기 게임을 했다. 한 명씩 돌아가며 나머지 사람들을 향해 특정 조건을 말하고, 그에 해당 하는 사람들이 손가락을 하나씩 접는 방식이었다. 가벼운 질문부터 시작되었다.

"여기서 손목시계 차고 있는 사람 손가락 접어." 남학생들 전부 손가락을 접었다. "여기서 아직 연애 한 번도 못 해본 사람

접어." 이어지는 다음 질문에 모두가 서로의 눈치를 살피기 시작했다. 잠시 묘하게 이어지는 침묵. 눈동자 굴러가는 소리만 나던 적막을 깬 것은 남학생 쪽이었다. 누군가 민망한 웃음과 함께 슬며시 손가락 한 개를 접은 것이다. 동시에 그의 친구들 사이에서 킥킥거리는 소리가 터져 나왔다.

"왜? 오빠 정도면 스타일도 깔끔하고 키도 커서 여자들 사이에서 인기 많을 거 같은데?" 우리 쪽 누군가가 호기심에 질문을 던지자 그의 친구들이 대꾸를 했다. "얘가 워낙 숙맥이라… 바보야, 바보." 킬킬거리는 웃음소리가 계속 이어졌다. 발화의 주인공은 유난히 하얀 피부 때문에 귀까지 빨갛게 달아오른 것이 확연히 눈에 띄었다. 그는 딱히 무어라 변명도 하지 않은 채 겸연쩍은 웃음만 지을 뿐이었다.

그때였다. 우리 쪽에서도 영문과 S가 조용히 손가락을 하나 접은 것이다. 자신도 같은 놀림거리가 되리라 생각했는지 S는 잔뜩 긴장한 표정으로 우리들의 눈치를 살피기 시작했다. "…사실, 나도…."

하지만 웬걸? S의 걱정과는 다르게 연달아 터진 솔밍아웃(모태솔로 커밍아웃)에 대한 현장의 온도는 판이하게 달랐다. 자기 친구를 어디 하자라도 있는 병신 취급하며 비웃던 남자들 입에서 환호소리와 함께 '천연기념물'이라는 표현이 튀어나왔기 때문이다.

"진짜 남자랑 뽀뽀도 안 해봤어? 손은? 손도 못 잡아 본 거야?"

'여자 경험 없음'이 남자들 사이에선 '모자란 놈' 취급을 당하는 놀림거리지만, '남자 경험 없음'은 '천연기념물', '희귀 상품' 취급을 받는 아이러니가 동시에 벌어진 현장이었다. 마치 조선시대에 남자가 첩을 몇 명 거느렸느냐가 세간에서 그의 권력과 권위를 가늠하는 잣대가 되었듯, 현대사회에서도 남성의 여성 편력(여성과의 섹스 횟수)은 그의 능력(성적 능력, 재력, 외모 등)을 증명해주는 수단으로 작용하는 것이다. 때문에 '사지 멀쩡한 남성'임에도 불구하고 여자 경험이 없다는 것은, 수중에 좋은 자원을 가지고 있으면서도 제대로 써먹을 줄 모르는 얼치기와 동급 취급을 받는 것이리라. 하지만 여성의 경우, 남성 편력이 없다는 것은 곧 그녀의 정숙함을 입증하는 가장 강력한 증거가 된다. 같은 육신이어도 생물학적 성별에 따라 상이한 계산법을 적용받고 있는 셈이다.

◦ 지조 없는 낭만적 사랑 ◦

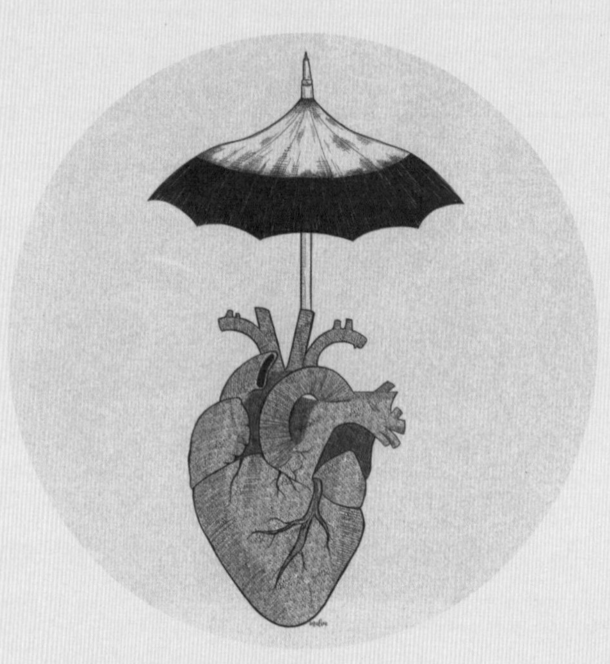

교내에 녹음이 푸르게 우거지던 어느 계절이었다. 당시 교양으로 듣던 '인간과 사상' 수업 교수님께서는 중간고사도 끝났겠다, 잠시 머리도 식힐 겸 간단한 발표회를 가져보자고 하셨다. 주제는 '자신이 생각하는 사랑'이었다. 자신의 생각을 A4 반 장 분량으로 가볍게 정리해 오는 것이 과제였다. 참고 문헌이나 자료를 고르는 것은 개인 재량에 맡겼다.

발표 당일. 우리는 교내의 작은 동산에 동그랗게 둘러앉아 각자 준비해 온 리포트를 꺼내 들고 차례대로 돌아가며 낭송을 시작했다. 자유 형식 리포트이다 보니 내용과 주제도 다양했는데, "멋진 남자를 만나기 위해선 자신이 먼저 겉과 속이 아름다운 여성이 되어야 한다고 생각합니다"라며 모두를 향해 어드바이스를 하는 학생도 있는가 하면, "급식 시절 내내 모쏠이었지만 이제 대학생도 되었겠다, 정식으로 연애에 도전해보려고 합니다! 요새 죽음의 다이어트 중이에요!"라며 힘차게 올해의 포부를 밝히는 친구도 있었다.

이 밖에도 운명처럼 시작되는 사랑, 어디선가 갑자기 혜성처럼 나타날 인연, 반려인과 한날한시에 눈을 감는 낭만과 같은 다양한 이야기가 이어졌다. 갓 성년이 된 여대생들은 무해무독

한 표현들로 자신의 반쪽, 소울 메이트, 백마 탄 왕자, 유니콘을 기다리고 있노라 고백했다. 그녀들이 꿈꾸는 로맨스에 대해 읊조릴 때마다 어디선가 작은 방울들이 바람결에 짤랑거리며 흔들리는 것만 같았다. 가만히 이야기를 듣고 있는 것만으로도 뱃속이 간질거리던 이 날 수업의 해시태그는 의심할 여지없이 [#사랑], [#로맨틱성공적], [#희망적인], [#설렘]이었다.

| 현대사회의 연애 |

하지만 이상하게도 수업을 마치고 집으로 향하는 내내 묘한 찝찝함이 쫄래쫄래 뒤를 따라왔다. 프로그램 '매크로'처럼, 영화 「스텝포드 와이프」의 등장인물들처럼, 어디선가 강제로 입력되어 온 [사랑 환상 값]만 툭툭 뱉는 그녀들의 모습에서 왠지 모를 섬뜩함을 느꼈기 때문이다.

처음엔 별생각이 다 든다며 가볍게 무시하려고 했던 감상이었지만, 어느새 지하철 옆 좌석까지 동승하여 내게 이상한 질문들을 쉴 새 없이 조잘거리기 시작했다.

"도대체 언제부터 그놈의 낭만적 사랑, 로맨스 타령이 시작된 건지 궁금하지 않아?"

"이성애를 바탕으로 한 연애의 개념은 어디서부터 시작된 걸까?"

"인류의 기원과 함께 발생한 원초적 현상일까? 하지만 그렇다고 하기에는 현대물에서 그리는 로맨스와 과거 작품들 속에 등장하는 로맨스 양상은 확연한 차이가 있잖아?"

"로맨스는 중세 유럽에서 기사의 사랑과 무용을 다룬 이야기(Roman)에서 시작된 단어다. 사족을 덧붙이면 그때 당시에는 요즘과 다르게 기사들의 연정 대상은 지체 높은 가문에 시집간 기혼 여성이었지. 연애를 통해서 결혼을 한다는 개념이 생겨난 건 역사가 그리 길지 않아. 한국에 혼전 연애 문화가 전반적으로 통용되기 시작한 건 120년 정도 됐으려나? 예전엔 연애와 결혼의 대상이 자연스럽게 이분화돼 있었어. 결혼은 집안과 집안의 결합이니 아버지가 정해주는 상대로, 연애는 술집에서 기생이랑."

11세기 말 작품 『롤랑의 노래』가 실린 텍스트를 공부할 당시 교수님께서 덧붙인 부연 설명이었다. 이 얘기를 듣는 순간 벙쪘던 학생들의 표정을 잊을 수 없다. 현대 시대에는 '불륜'이라고 치부되는 관계가 몇 세기 전만 해도 트-루 라브♡였다니? 만약 내가 '사랑에 관한 개인적 단상' 리포트 발표 시간에 이렇게 말했다면 어떻게 됐을까?

"엄마가 참하고 조신하게 제 말 잘 들으면서 대들지 않는 남자를 물색해주신다면 일찍 결혼하고 싶습니다. 그전에 아찔아찔 두근두근한 연애를 위해 여름 방학 동안 러시아 여행 좀 다녀오려고요. 스트립 클럽 티켓이 저번에 소셜커머스에 특가로 떴길래 구매해 놨거든요. 첫 연애 상대가 너무 비싸지 않았으면 좋겠네요. 이상형은 스트립 클럽 에이스예요!"

아마 박수가 아니라 욕지거리를 받으며 자리에 다시 앉아야 했을 텐데.

이뿐만이 아니다. 고대 그리스(기원전 1100년~기원전 146년)에서는 성인 남성과 소년의 연애를 '천상의 에로스'라고 칭했다. 당시 이성 간의 결합은 자손 번식을 위한 수단이라는 의미가 더 강했기 때문에 '세속의 에로스'에 불과했다. 그러므로 진정한 정신적 사랑은 계급 차이는 나지 않되(귀족 성인과 귀족 소년) 나이 차이는 나는 동성 간의 사랑이었던 것이다. 나이 많은 남성(가부장)이 디폴트가 되어 그가 나이 어린 남성과 관계를 맺느냐, 아니면 여성과 맺느냐에 따라 로맨스의 위계 서열이 정해진 셈이다.

앤서니 기든스는 그의 대표 저서 『현대 사회의 성 사랑 에로티시즘』에서 서구 사회가 산업 혁명을 겪으며 일어난 일련의 사회적 변화들—자유주의 등의 근대적 가치 발생, 신분 사회의

붕괴, 과학 기술 발달 등—이 대중들의 성과 사랑 그리고 결혼에 대한 인식을 변화시켰다고 밝혔다. 19세기 말에 이르러서부터 혼인 관계 형성 시 경제적 가치 외에 '정신적인 것'을 고려하기 시작했다. 이로 인해 부르주아 집단 내에서만 폐쇄적으로 향유되던 '로맨스'가 대중들의 영역으로 스며들었다. 기든스는 이를 보고 '대중들의 손에 닿은 최초의 문학 형식'이라고 명명하기도 했다.

오늘날 보편적 요소로 생각했던 성, 사랑, 결혼이란 개념은 사회의 변화에 따라 그 특성과 관계가 변해왔다. 즉 개인적 감정뿐만이 아니라 시대적 상황에 따라 수시로 특징과 정의를 달리하는 '사회 · 문화적 산물'인 셈이다. 일본의 여성학자 우에노 치즈코의 지적처럼 시대와 지배 규범에 따라 지속되거나 변형되거나 혹은 사라질 수도 있는 사회적 관행인 것이다.

그렇다면 현대 사회에서 사랑과 연애의 주인공은 어떤 기준으로 분류되고 있을까?

○ 혈기왕성한(주로 10대~20대, 혹은 30대 초중반까지)

○ 비장애

○ 미혼

ㅇ 헤테로(이성애자)

너무 극단적인 정의인 것 같다고 생각되는가? 그렇다면 한 번이라도 밤 10시, 골든타임에 방영하는 드라마에서 '지체장애를 앓고 있는 기혼 40대 레즈비언 여성'의 연애 스토리를 본 적이 있는가? 언제나 20대 미혼 · 비장애 · 헤테로들의 우당탕탕 심쿵 연애 스토리들이 아니었던가? 이 외에는 그저 메인 스트림의 주변으로 밀려난 하위, 비주류 문화 취급을 당할 뿐이다.

어쨌거나 여성은 고대 그리스에서건, 11세기 프랑스에서건, 봉건시대, 근대시대, 심지어 현대에서조차 남성들과의 관계 속에서나 비로소 사회적 가치를 지니게 되는 처지다. 이것이 한결같고 변함없이 지속되고 있는 것은 확실하다.

| 사랑이라는 이름의 가스라이팅 |

"(…) 다음 세대의 더 나은 삶을 위해서 '청년의 사랑에 투자' 캠페인 운동을 해야 한다고 생각한다. 그래서 사랑하는 사람과의 결혼, 내가 낳은 아이를 키우는 기쁨이야말로 무엇과도 대체할 수 없는 행복이며, 청년들의 꿈을 실현시켜 주는 현실적 방도라는 것을 깨달아야 한다. (…) 주택이나 주거비, 양육비, 사교육비, 경제적 부담 등이 그 원인이 될 수 있지만, 결혼하여 두 사람이 함께하면 고통의 비용도 나누게 되므로 경제적 어려움을 다소 해소할 수 있으리라 본다."

최근 한 신문 매체에 기고된 그룹 총수의 발제문*이다. 말이 좋아 청년의 사랑에 투자이지, 인구 절벽 현상과 고령화 문제 해소 및 내수경제 활성화를 위해 수단과 방법을 가리지 말고 '청년 세대가 결혼하고 아이를 낳는 삶을 진정한 행복이라 굳게 믿도록 만들어야 한다'고 이야기하는 음험한 선동문이나 다름없다. 이러한 노골적인 음모론이 '다분히 개인적인 사견' 수준으로만 제기되는 것은 아니다.**

"(…) 여성의 교육수준과 소득수준이 상승함에 따라 하향 선택

---

* 비슷한 시기에 발표한 보건복지부와 국민연금공단이 5년마다 계산하는 재정추계에 따르면 인구 절벽 현상과 고령화로 국민연금이 2060년 적립금 소진을 맞이할 것이라고 경고의 메시지를 보냈다.

** 최근 발표된 기사에 따르면, 비혼 확산이 내수 경제에 직접적인 타격을 주고 있다고 한다. 2016년엔 28만 1600건의 결혼식이 열렸고, 2017년에는 26만 4,500건이다. 1990년도 이후 처음으로 혼인 건수가 30만 건 아래로 내려간 데 모자라서 또 17%나 떨어진 것이다. 결혼 컨설팅업체 듀오웨드가 신혼부부 1,000명을 대상으로 시행한 실태조사에서 집계된 평균 결혼 비용은 6,294만 원(주택 자금을 포함해서 평균 결혼 비용은 2억 원이 넘는다). 결혼 시장에서만 한 해 1조 원 이상 민간 소비가 증발했다는 계산이 나온다.

결혼이 이루어지지 않는 사회 관습 또는 규범을 바꿀 수 있는 문화적 콘텐츠 개발이 이루어져야 한다. 이는 단순한 홍보가 아닌 대중에게 무해한 음모 수준으로 은밀히 진행될 필요가 있음."

믿기지 않겠지만 위의 주장은 2017년 한국보건사회연구원의 인구 포럼에 제출된 저출산 대책의 한 대목을 발췌해온 것이다. 그때 당시 해당 문서가 넷상으로 유포되며 일파만파 파장을 불러일으키기도 했다.

결혼에 자신의 존재와 미래 가치를 투영하지 않는 여성이 늘어나자 사회는 '드디어' 결혼 관습과 규범의 문제점을 진지하게 들여다보기 시작한 것이다. 하지만 이번에도 도마 위에 오른 것은 만만한 여성들이었다. 그들은 여성이 자신보다 경제적 능력이나 스펙의 조건이 상대적으로 떨어지는 남성과 '기꺼이' 결혼을 고려할 수 있도록 새로운 콘텐츠를 개발하여 대중매체를 통해 전파시켜야 한다고 주장한다.* 드디어 사골처럼 진득하게 우려먹던 백마 탄 왕자, 신데렐라, 키다리 아저씨의 시대가 막을 내리고 평강공주의 시대로 새롭게 교체될 예정인듯하다. 아니

* 권인숙, "여성이 '하향선택결혼'하는 세상에서 살고 싶다!", 『한겨레신문』, 2017. 3. 7. http://www.hani.co.kr/arti/opinion/column/785512.html#csidxada95a784fee64488989eb63fedc11a

면, 고스펙의 여성들을 후려치는 내용의 콘텐츠를 더 많이 생산하여 배포하던가(챕터 1의 영원히 고통받는 신데렐라 꼭지 참조). 어쨌거나 머지않은 미래에 둘 중 하나 혹은 두 가지 모두를 담은 미디어 콘텐츠들이 공적 영역에서 활동하고 있는 여성을 겨냥하여 쏟아지기 시작할 모양이다.

이런 현상은 국내에서만 한정적으로 발생하고 있는 일은 아니다. 시슬리 해밀턴은 자신의 저서 『거래로서의 결혼』에서 "독신 여성들의 사회적 지위가 높아지면 반대로 결혼 제도의 위신은 실추된다"고 서술했다. 여성에게 결혼 대신 선택할 수 있는 경제적 자립 대안이 '명확히' 존재하고 그것을 남성의 도움 없이 스스로 성취 가능하게 된다면, 어떤 여성도 결혼 생활이라는 '공짜 노동'을 제공하고 싶어 하지 않을 것이기 때문이다. '인류의 절반을 자신의 욕망을 채워주기 위해 세상에 태어난 존재'로 보던 남성들이 때아닌 물벼락을 맞는 소리가 여기저기서 터져 나오는 이유다.

| 바람에 흔들리기 시작한 뿌리 깊은 나무 |

남성은 줄곧 한반도라는 공간에서 생계부양자의 역할로 포지셔닝되어왔다. 주요 논문에서는 20세기에 접어들며 격화된 산업자본주의가 젠더 규범을 탄생시켰고, 남성만을 주요 노동자이자 생산 주체로 만들었다고 해석했지만*, 가부장적 지위와 역할은 산업화가 진행되며 새롭게 '탄생'한 개념이 아니다.

오스트리아 출신의 역사학자 거다 러너가 자신의 저서 『가부장제의 창조』에서 주장하고 있는 바에 따르면 가부장제의 성립은 하나의 '사건'이 아니라, 대략 기원전 3100년부터 기원전 600년까지 약 2500년에 걸쳐 전개된 과정이다. 가부장제라는 개념이 법률 조문 속에 제도화된 후부터 지금까지 거의 반만년 동안 형태와 개념만 조금씩 변형시켜가며 맥을 이어왔다는 것이다. 다만 근대 산업화 시대에 접어들며 남성이 공적 영역(경제 수단과 연관되어 실질적인 수익을 벌어들이는 장소) 진출과 여성의 사적 영역 은폐가 가시화되며, '남성 생계부양자'라는 젠더 롤이 마치 하나의 규범처럼 표면적으로 확고하게 자리 잡게 된 것뿐이라고 보고 있다.

사실 거다 러너가 연구한 모델은 서구권에 국한되어 있다.

---

* 최선영, 장경섭. "압축산업화 시대 노동계급 가족 가부장제의 물질적 모순 '남성생계부양자' 노동생애 불안정성의 가족 전이", 2012년, 『한국사회학』 제46집 2호, pp. 203-230

그럼에도 미국 자본주의에서 확립된 산업자본주의 구조적 관계를 그대로 수입하여 짧은 시간 안에 폭발적으로 압축해 답습한 한국에서도 그대로 재현되었기에, 우리나라에 현존하는 젠더 규범을 설명하기에도 적합하다고 본다.

이를 방증하는 대표적인 예가 바로 사회보장 관련 법률이다. 현행 법제에서는 남성은 유급 노동으로 배우자 등 가족을 부양하고, 여성은 무급 가사노동을 담당하는 생계 의존자로 구성되는 유형의 '전통적인 가족'만을 보호의 대상으로 한다고 명시되어 있다. 남성은 사회적 노동, 여성은 가정 내에서의 가사노동을 각각 담당한다는 성 역할 고정 관념에 기초하여 발달된 개념이라고 볼 수 있다.

법률 구문 속에도 명백히 기록되어 있는 여성과 남성의 젠더롤이 공적 영역으로 활발히 진출하고 있는 고(高)스펙 여성의 출현으로 흔들리기 시작한 것이다. 이는 단순히 여성들이 남성 구성원—아버지, 남편, 아들—의 내조와 뒷바라지에서 마침내 손을 떼고 제 갈 길을 가기 시작했기 때문에 남성들의 심기가 퍽 불편해진 차원의 문제가 아니다. 매스미디어를 위시한 각종 매체에서 발등에 불이라도 떨어진 양 호들갑 떠는 이유는 사실 더 근본적인 문제와 연관되어 있다.

첫째, 여성들이 결혼을 거부하며 아버지에서 아들로 이어지는 '혈연관계'를 재생산하는 일에 브레이크를 걸면, 가족이라는 사회조직을 통해 안전하고 효과적으로 계급을 유지시키던 현대의 사유재산 시스템이 멈추게 된다. 세계 각국에서 다양한 형태로 발전 · 변형의 과정을 거쳐 온 가부장제는 아버지에서 아들로 사유재산을 전승하며 계급을 재생산하는 역할을 수행하고 있기 때문이다.

'가족'으로 이어진(호적에서 자신의 이름 아래에 기재된) 후사가 없어서 전 재산을 의탁할 곳이 없어진 그룹 총수를 떠올려 보시라. 살아생전 다 헤아리지 못할 정도로 쌓였던 돈을 어디에 의탁할 것인가? '○○ 그룹 총수 타개 기념, SHOW ME THE MONEY EVENT. 오는 일요일, 시청 앞 광장에서 오후 5시부터 헬기로 돈을 뿌릴 예정입니다! 화끈하게 제대로 보여드리겠습니다!'

혈연관계를 통해 효과적으로 유지되던 자본주의 계급체계에 빨간 불이 켜질 것이다. 사회 구성원들의 사유재산 정도에 따라 차등 정책을 적용하며 효과적으로 구성원들을 통제하던 국가 정치 근간마저 흔들리게 될지도 모른다.

두 번째로는 자국의 내수 경제 활성화 수단이 흔들리게 된

BOREDOM

다. 가부장들이 여성의 생식 능력에 대한 통제권을 상실한 대가는 '생산 가능(경제활동) 인구' 그래프 절벽 현상으로 만천하에 드러날 것이기 때문이다. 뿐만 아니라 '결혼-출산-자녀 양육*' 테크트리로 한몫 단단히 뽑아내던 민간 소비 역시 브레이크 걸릴 것이다. 한 마디로, 여성들이 가부장제의 숨겨진 이면과 불합리함을 깨닫고 자발적으로 부역자가 되기를 거부하기 시작하면, 여성의 노동력과 재생산 능력을 토양 삼아 굴러가던 국가 전반의 운영 시스템이 흔들리게 된다.

목화솜 농장의 노예로 팔려가 하루 18시간 노동이 '당연한' 천부 인권이자 미덕이라 굳게 믿던 노예들이 비합리적인 시스템에 하나 둘 눈을 뜨기 시작하는 '끔찍한' 상황을 상상해보라. 그들이 굽혔던 허리를 펴고 노동 시간 단축을 주장하거나 농장 탈주를 시작한다면 그들의 노동력을 갈아 수익을 창출하던 농장주들의 얼굴에는 어떤 표정이 떠오르게 될지 말이다.

---

* 지난해(2017년) NH투자증권 100세시대연구소가 한국보건사회연구원의 2012년 가족보건복지실태조사 결과를 토대로 자녀 1명당 양육비를 추산한 결과, 3억 9,670만 원에 달한다고 추정했다.

Ⅱ.
아니, 이게 비즈니스지 무슨 사랑이에요?

◦ 로맨스에도 선행 조건은 있다 ◦

"여성은 아름다운 성"이라는 말에는, '여성이 지닐 수 있는 유일한 권력은 아름다움'이라는 의미가 감추어져 있다. 이로써 여성적 삶의 전망은 오로지 성적인 것의 테두리 안에 갇히게 된다.

-발트라우트 포슈, 『몸 숭배와 광기』

| 권리보다 의무 |

교양수업 시간에 "괜찮은 남자를 만나고 싶다면, 여자가 먼저 자신의 겉과 속을 아름답게 갈고 닦아야 한다고 생각합니다."라고 사랑에 대한 개인적 견해를 발표했던 학생을 기억하는가? '기왕이면 좋은 사람과 연애를 하고 싶다'는 바람은 인간으로 태어났기에 당연하게 가질 수 있는 욕망이다. 마치 사람들이 퀴퀴한 미세먼지가 가득한 곳보다는 맑고 깨끗한 공기 속에서 숨 쉬고 싶어 하는 것처럼 말이다. 인간의 기본권 같은 개념이랄까? 그러나 하필 더블X 염색체를 타고난 이들은 사회가 정한 '이상적 여성상'에 부합할 때 비로소 당연한 권리를 주장할 수 있다. 여성으로의 의무와 자격 요건을 충족했을 때 자신의 욕망을 실현할 자격이 부여된다는 뜻이다.

이런 맥락으로 동기는 '진정한 로맨스의 주인공이 되고 싶으면, 먼저 어리고 예쁜 개념녀가 되세요'라고 이야기한 것이다.

하긴, 그녀의 말이 꼭 틀린 것도 아닌 것이 여태껏 미디어에 노출된 사랑 이야기 속 주인공들은 한결같이 예쁘고, 마르고, 밝고, 상큼 발랄한 10~20대 여성들이 아니었던가?

| '안'공주, '진짜'공주 |

앞서 말했던 「첫 키스만 일곱 번째」라는 흥미로운 웹드라마를 선보였던 D기획에서 속편을 내놓았는데 여러 의미에서 전편을 압도한다. 제목도 무려 「퀸카 메이커」로 업그레이드되었다.

'까칠하지만 섬세한 여섯 남자의 도움으로 자신만의 진정한 아름다움을 찾게 되는 시공 초월 센세이셔널 뷰티 판타지'의 여주인공은 "나 같은 건 너무 평범해서 죽었다 깨도 주인공은 될 수 없겠지"가 모토인 소심녀 '안공주'다. 남자 주인공 중 한 명은 여주에게 조언이랍시고 "넌 꾸미지도 않고 포기하고 살잖아. 달라지려 노력하지도 않고"라는 면박을 준다. 진짜 로맨스의 주인공이 되고 싶다면 '꾸미고, 예뻐져서 멜로 주연의 조건을 충족시켜라'라는 메시지를 대놓고 날리는 것이다.

온갖 굴욕 끝에 와신상담한 여주가 마침내 사회적 '예쁨'의 기준을 달성하니, 정말 마법 같은 일들이 일상에서 벌어지기 시작한다. 줄곧 무시만 당하던 직장에서 커리어적으로 인정받고, 길을 걷다 우연히 부딪쳐도 별다른 이벤트 없이 지나갔던 짝남(20대 초반, 그룹 이사장)이 "사실 나, 예전부터 널 좋아해 왔어"라고 고백을 하기도 한다. 그러니까 대충 한 줄로 요약하자면, 너무 평범해서 자신의 인생에서조차 주인공이 될 수 없던 안공주라는 여성이 갖은 노력 끝에 예뻐지니, 스쳐지나갈 뻔했던 인연도 뒤돌아보게 만들어 '안'공주가 아니라 '진짜' 공주가 되었다는 얘기다.

도수 없는 뿔테 안경을 씌우고, 볼에 주근깨 몇 개 콕콕 찍은 다음 벌겋게 블러셔를 칠하면 '너무 평범해서 죽었다 깨도 주인공은 될 수 없는' 캐릭터가 되어버리는 '안'공주. 반면 머리에 왁스칠 하나 없이 수더분한 패딩을 입고 시상식에 참석해도 '국민 썸남'으로 칭송받고 화장품 광고 모델까지 낙점되는 남성 방송인. 우스꽝스럽게 나온 '얼빡샷(얼굴이 화면에 꽉 찬 사진)'이 스마트폰 케이스로 제작되어 성황리에 팔리고, 편의점에 유통되는 과자 패키지에까지 등장하는 남성 개그맨. '꾸미지 않거나 우스꽝스럽게' 치장한 여성은 주인공이 안 되고, '꾸미기는커녕 일부러 웃기게' 연출하는 남성은 개성 있고 독특한 캐릭터의 주인공이 되는 이상한 연예 생태계….

눈치챘는가? 미디어는 여성에게만 "제대로 '한 미모'하기 전까진 제 인생에서도 주인공이 아닌 조연, 카메오, 들러리처럼 살아갈 것"이라는 저주와 협박을 하고 있다는 것을.

| 예쁘면 DA야 |

여성을 겨냥하고 있는 뷰티 산업에서 '여성들이여, 예뻐져서 자신감을 입어라!'라고 외치는 것은 어제오늘의 일이 아니다. 지하철 플랫폼과 강남역 거리마다 빼곡히 붙어있는 성형 광고들을 떠올려 보라. 살을 빼고 시술을 감행하여 잘 팔리는 인형 같은 모습을 '쟁취한' 여성들이 "예쁘면 다야"라고 외치며 지나가는 사람들을 응시하지 않던가. 그녀들은 '외모 덕분에 자신이 삶을 대하는 태도 역시 바뀌었으며 연애 시장에서는 시종 상종가를 치고, 심지어는 안 되던 취업도 되었단다. 외모가 예뻐지니 드디어 인생의 전성기가 찾아왔다고 이야기하는 것이다.

길거리에 널려있는 드럭스토어 쇼윈도에는 포스터 속 잘 차려 입은 남배우가 지나가는 여성들을 향해 "'넌 더 예뻐져야 하니까' 여기 들어와서 화장품 좀 보고 가라"고 말을 건넨다. 마스크 팩 광고에서는 남직원이 사내 동료를 아예 대놓고 품평하는 장면이 등장한다. "내가 아는 여자애가 있는데 얘가 자고만 일어나면 얼굴이 막 예뻐져. 어젠 분명히 칙칙했는데 오늘은 광이 나고 막 그런다니까? 어제는 진짜 별로였는데…."

여자들은 집 밖을 나서는 순간 마주치는 모두가—생물체이건 광고와 같은 무생물체이건—자신을 돌아보고 평가하게 만드는 배심원들이다. 주변을 둘러싸고 있는 모든 것들이 자신의 외모에 대해 평가하고 쉴 새 없이 조잘거리는 세계 속에서 살고 있는 것이다.

| 슬픈 채점지 |

남성은 여성의 '성적 매력' 심판자이다. 누가 그들에게 완장을 채워주었냐고? 바로 최소 4천 년 동안 유지되어온 온정주의적 지배 체제, 가부장제다. 그들은 오랜 기간 동안 여성성을 물화시켜 재산처럼 소유했던 관습이 몸에 밴 덕분에 여성들을 품평하는 일에 이골이 나있다. 마치 부동산 재벌들이 교외의 한적한 들판을 지날 때 머릿속으로 '음, 접근성을 고려해봤을 때 이 땅은 한 평에 얼마쯤 하겠군' 하며 가격을 매기는 것과 비슷하다고나 할까. 땅을 사기 위해 여기저기 돌아다니며 견적을 매기는 사람에게 도덕적 · 윤리적 잣대를 들이대는 이는 아무도 없다.

현시대의 '여성 외모 품평단'의 여남 성비는 (의외로) 50대 50 정도로 구성되어 있다. 남성들이야 타깃 여성이 자신의 잠재적 여자친구 · 결혼 상대 · 섹스 상대로 적합한가를 판단하기 위해 그 자리에 앉아 있다지만, 여성은 어떤 연유로 팔에 완장을 차고 있는 걸까?

'방금 스쳐간 사람 머릿결 되게 좋다. 펌 한 걸까 아니면 고데기? 난 요즘 통 관리를 못해서 부스스한데….'

'와, 재 오늘 피부 화장 잘 먹었네. 파운데이션 어디 꺼지? 내 피부는 요새 푸석푸석한데….'

'옷 어디서 산거지? 내가 입어도 비슷한 느낌이 날까? 아무래도 다이어트를 다시 시작해야겠어.'

여성 배심원들은 자기 자신을 객관화하기 위한 기준을 얻기 위해 배심원석에 앉아 있다. 브라운관에 비치는 여성의 모습, 길거리에 지나다니는 또래의 모습 등을 분석하며 '자신의 외모 좌표'를 얻기 위한 표본을 모으고 분석하는 것이다. 지나가는 여성의 찰랑이는 머릿결을 보며 자신의 갈라진 머리끝을 만지작거리고, 화장을 한 여성을 보고는 스스로의 피부 상태를 확인하기 위해 손거울을 꺼내 여러 각도에서—빛을 어디서 받느냐에 따라 피부 요철이 보이기도, 안 보이기도 하니까—체크 한다. '턱이 짧아야 동안 미인이다'라는 친구의 말을 듣고 친구의 턱과 자신의 것을 번갈아 보기도 한다. 핸드폰 검색창에 떠 있는 여자 연예인의 사진 한 번씩 쳐다보며 자체 검열 및 품평에 돌입하는 것이다.

여성에 의해 이뤄지는 동성 품평(여성 타자화) 단계를 보기 좋게 정리해 보자면 다음과 같다.

- 1단계: 남성적 시각으로 구성 및 편집된 평가지를 바탕으로 대상자를 관찰하고 품평하기
- 2단계: 자신을 대상화한 후 점수 매기기
- 3단계: 1단계와 2단계의 채점지를 바탕으로 상대방과 나 사이의 암묵적 외모 위계 정립하기

이런 일련의 과정을 성장과 함께 자연스럽게 내재화한 여성은 길거리에 나설 때 이성뿐만이 아니라 동성들의 시선도 의식하게 된다. 만일 '남성에게 매력적으로 보이기 위해' 꾸미는 것이 화장 및 기타 꾸밈 노동의 유일한 이유였다면, 여중 · 여고 · 여대생들은 수업을 들으러 갈 때 '쌩얼을 감추기 위해' 굳이 얼굴의 반 이상을 뒤덮는 마스크를 착용할 이유가 없었을

것이다. 동성 친구들만 참석하는 모임을 위해서도 열심히 공을 들여 화장을 하고, 옷을 고르고, 머리를 매만진다. 그들조차 겉모습으로 자신의 가치를 매기고 평가하는 배심원 중 한 명이라는 것을 의식적으로 또 무의식적으로 인지하고 있기 때문이다.

그 결과 남성들이 사회적 자산—재산이나 지위 등—으로 자신이 속한 무리 속 서열을 나눌 때, 여성들은 나이와 외모로 줄 세운다. 남성들이 자신의 가치를 올리고자 승진 · 연봉과 관련된 커리어 개발에 힘을 쏟을 때, 여성들은 같은 이유로 더 어려 보이고 예뻐 보이고자 다이어트 및 각종 시술에 열을 올리게 만드는 사회 속에서 살고 있는 것이다. 가부장제 사회에서 여성의 외모는 남성의 경제적 · 사회적 지위와 마찬가지인 '여성형 권력'으로 명실상부 자리 잡고 있기 때문이다.

| 체중계로 잴 수 있는 여성의 인격 |

출산 후 첫 복귀작으로 「오션스 8」을 선택했던 앤 해서웨이. 그녀는 「엘렌 드제너러스 쇼」에 출연해 영화의 첫 촬영 전까지만 해도 '굉장히 자신감이 떨어진 상태였다'고 밝혀 화제가 된 적이 있었다. 할리우드의 내로라하는 탑 배우들이 총출동하는 영화 출연을 앞두고 휴식기를 가지는 동안 자연스럽게 불어난 몸무게 때문에 자괴감에 사로잡혔던 것이다. 촬영장에 가는 내내 앤은 스스로에게 '괜찮아. 촬영장에서 동료들에게 어떤 말을 듣더라도 변함없이 나를 사랑할 거야. 나는 괜찮아'라는 말을 수십 번 되뇌일 정도였다고 한다. 다행히도 함께 출연하는 배우들은 그녀를 향해 "전보다 더 건강해 보인다"며 다정하게 안부 인사를 건네 준 덕분에 앤은 한 시름 놓을 수 있었다고. 또 산드라 블록은 앤에게 "우리 촬영장은 아이들을 환영해, 앤. 언제든지 아이를 촬영장에 데려와"라며 부담 가지지 말고 언제든 일터에 아이를 대동할 것을 권유하기도 했다는 훈훈한 일화를 덧붙였다.

사실 굳이 할리우드까지 가지 않아도 우리의 주변에서도 위와 비슷한 사례를 쉽게 찾아볼 수 있다. 외국으로 유학을 갔다가 바뀐 의식주 탓에 체중이 늘어난 여성들은 귀국하기 전 으레 '죽음의 다이어트'를 종용받는다. 늦은 밤에 컵라면이라도 하나 끓여 먹고 잤다가는 다음 날 직장에서 '오늘따라 얼굴이 부어 보이네, 푸석해 보인다', '요새 관리 안 하냐'는 등의 꼽을 들어야 하는 것이 한국 사회이니까.

우에노 치즈코의 지적처럼 현대 사회에서 여성의 잘 가꾸어진 외모와 보기 좋은 몸매는 여성의 인격과 정체성의 기준이 되기 때문이다. 뚱뚱이 아닌 통통한 여성도 자기 관리에 '게으른' 사람 또는 '무성적인 존재'로 취급받는 것이 이를 방증한다. 여성의 외관은 연애, 결혼, 대인관계, 취업, 자존감으로 연결되는 생존 위협의 문제인 것이다.

| 여적여 구도의 진범들 |

이런 와중에 남성들은 여성을 향해 "넌 다른 애들과 달라. 특별해", "미팅 자리에 나온 애들 중에서 네가 제일 예쁘더라" 또는 "오늘 클럽에서 진짜 너 밖에 안 보였어. 같은 여자끼리 그렇게 기죽이기 있어?"라고 립서비스를 한다. 이걸 두고 틈새 스윗함이라고 생각하는 당신은 아직 하수다. 그들의 발화는 단순한 매너 차원에서 이루어지고 있는 것이 아니니까. 그들은 자신이 플러팅하고 있는 대상에게 '내 눈에 너는 너무 완벽하고 예뻐 보여서 특별하다'는 훈장을 달아준다. 다른 평범한 여자들과는 다른 개체임을 의도적으로 강조하고 있는 것이다.

듣기 좋기만 한데 이게 왜 문제가 되냐고? 스윗한 언어 뒤에서 평가 대상자들 사이에 차이를 만들어 구분 짓고, 그를 토대로 차등 대우를 하며 위계 서열을 나누는 교묘한 분할통치법이 적용되고 있는데도?

THE WHALE RIDER
Witi Ihimaera
malva

프레임을 씌우는 것은 권력이다. 네이밍을 하고 딱지를 붙이는 것은 지배자의 위치에 있는 자만이 할 수 있는 특권이다. 똑똑하지 않은가? 이미 오랜 기간 동안 보이고, 판단되고, 점수매겨지는 '피동적' 입장에 놓여있던 여성들이 자연스럽게 분할통치 기준을 내재화하고 있다는 점을 빠삭하게 파악하고 있었던 것이다.

'저 여자보다 네가 예뻐.'

'쟤보다 네가 말랐어.'

'네 친구보다 네가 더 어려 보여.'

여자의 눈으로 다른 여자를 심사하고 품평하는 구조를 완성시켜놓고 나면, 이제 남성들은 두 손 놓고 편안히 앉아서도 상향평준화된 외모와 몸매의 여성을 길거리에서 마음껏 감상할 수 있다는 사실을 이미 알고 있었던 것이다. 여기에 '개념녀'라는 여성의 기대 역할 프레임을 하나 더 던져 준다면? 이것이 바로 현대판 칠거지악이요, 삼종지도의 완성 아니던가? 이런 걸 두고 '손 안 대고 코 풀기'라고 하던가?

자, 이제 '물화 된 여성'을 창조하고 소비하고 장려해왔던 여성들의 진짜 '적'은 누구지?

| 해바라기 순정남의 실체 |

타 학교까지 소문이 자자할 정도로 '예뻤던' 경영학과 동기 A. 그녀의 남자친구는 모 대학 신입생 B로, 미팅에서 그녀와 처음 만난 후 줄기차게 애정 공세를 퍼붓던 인물이었다. A는 오만극성을 부리며 치대는 외세의 침략 앞에 혼신의 힘을 다해 수성전을 벌였다. 하지만 스토킹을 연상시킬 정도로 집요했던 그의 정성에 탄복한 것인지 끝내 굳게 닫혔던 문호를 개방했다.

둘이 정식으로 만나기 시작하자 주변 친구들은 하나같이 "A가 아깝다"며 입을 모았다. 어찌 보면 B의 입장에서는 기분 나쁘게 들릴 수도 있을 법한 얘기였지만 외려 그 둘은 이런 야유를 들을 때마다 각기 다른 이유로 흡족한 표정을 짓곤 했다. A는 'B가 너를 모시고 살아야 할 정도'로 외모 밸런스가 맞지 않는다며 본인의 외모를 치켜 세워주는 상황이 만족스러웠다. 자신이 평범한 여자들보다 예쁘기 때문에, B가 한 눈 팔일 없는 '해바라기 같은 순정남'이 되리라는 믿음이 생겼기 때문이었다고 말했다.

반면 B는 '이 새끼 완전 능력자네. 쟤 여자친구 인스타 팔로워수 봤어?'라는 동성 친구들의 인정과 평가에 한껏 득의양양했다. 친구들이 부러워할 만한 여자친구를 자신의 옆에 트로피처럼 세워놓고, 마치 '미인은 영웅을 차지한다'는 표현 속 영웅이라도 된 듯 말이다. 그는 '이정도 외양을 갖춘 여자를 가슴팍에 훈장으로 달아 둘 만큼의 재력이나 능력이 있는 인간이다'를 증명하려는 듯 SNS에 여자친구 사진을 도배하기 바빴다.

하지만 웬걸. 주변인들의 손과 발을 암모나이트 화석처럼 오그라들게 만들던 둘의 사랑은 '일 주년'의 문턱조차 넘지 못했다. '타칭 · 자칭 해바라기남'이었던 B가 친구들 사이에서는 이미 예전부터 알아주는 클럽 지박령이었다는 사실이 밝혀진 것이다. '새벽에 일찍 일어나 운동하는 습관 때문에 늦어도 11시 전에는 잠자리에 든다'던 그에게 방 침대는 '강남 한복판 클럽의 쇼파 위'와 동의어였나 보다. 그가 클럽의 낯선 여성들의 손목에 여러 가닥 엮어 만든 야광 꽃팔찌를 손수 채워주며 자기네 테이블로 끌고 가려는 모습이 다른 친구의 사진첩에 박제되는 사건이 발생했다. 여자친구가 그 사진을 제보받으면서 둘의 연애는 공식적으로 막을 내리게 되었다.

"내가 다른 여자한테 밀린 거나 마찬가지야…."

길에 지나가는 사람들 아무나 잡고 물어도 백이면 백 B를 천하의 죽일 놈이라 비난할 사건이었다. 그럼에도 불구하고 정작

이별 당사자 A는 전 남자친구의 빗나간 행동의 원인을 자신의 '매력'과 '가치'에서 찾느라 꽤 긴 시간을 소모했다. 모든 문제의 화살을 자신에게 겨눠 스스로 2차 가해를 했고, 그를 지켜보는 주변인들을 안타깝게 만들었던 것이다.

| 특별 사면 |

사실 A처럼 주변에서 '남성들이 자신을 어떻게 대우하느냐'에 따라 자신의 가치를 매기는 여자들을 찾는 것은 그리 어렵지 않다.

"내가 세상에서 제~일 예쁘대! 내 볼록 튀어나온 뱃살도 사랑스럽다고 했어."

사춘기 시절부터 시대적인 '마름'의 기준에 부합하지 않는 자신의 '통통한' 체구가 일평생 극복의 대상이자 과제라고 고백했던 W는 남자친구가 생긴 후 자신의 몸이 극복의 대상에서 포용의 대상으로 바뀌었다고 마치 신의 기적을 전하듯 얘기했다. 한평생 자신의 몸과 불화하는 삶을 살아왔지만 어느 날 갑자기 벼락처럼 나타난 이방인이 "너의 모든 면이 다 예쁘고 사랑스러워"라며 특별 사면을 선고하면, 그녀의 몸이 저지른 '원

죄'가 씻겨 내려가는 기적이 일어났다는 것이다(이것이 바로 사랑의 기적?!).

성수처럼 그녀의 귀를 타고 흘러내린 멘트들은 얼마간 그녀에게 '육체로부터의 해방'을 선사해주는 것 같이 보였다. 단체 깨똑방에서 그가 친구들과 그녀의 몸사진을 올리며 조롱한 것을 우연히 보기 전까지는.

| 사랑받는 여자, 능력 있는 남자 |

대학 동기들의 공신력 있는 연애 카운슬러로 활동(?)하며 깨닫게 된 사실이 하나 있었다. 바로 단 한 번도 주변 여자친구들이 '이렇게 잘생기고 등빨 좋은 남자친구를 옆에 꿎아 두다니, 난 정말 능력 있는 년이야'라고 자랑하는 모습을 본적이 없다는 것이다. 동성 친구들 사이에서는 이성들의 외모 평가 채점지에서 높은 점수를 받아 '귀한 취급, 대접' 당한 사례나 혹은 남자친구가 자신을 얼마나 아끼고 사랑해주는지가 자랑거리이자 부러움의 대상이었기 때문이다.

"지난 주말에 오랜만에 클럽 갔는데, 밤새 테이블마다 이리저리 끌려 다니느라 손목 빠개지는 줄 알았잖아."

"남자친구가 완전 사랑꾼이야. 저번 남자친구랑은 다르게 나한테 얼마나 지극 정성인지 몰라. 자상하고, 다정하고, 세심하게 배려하고, 친구들이랑 술 먹으러 가서도 잠수 안 타고 연락 잘 되고…."

반면 남성친구들의 자랑거리는 사뭇 달랐다.

"이번에 새로 사귄 여자친구가 나보다 n살이나 어리다니까."

"(화면 한가득 클로즈업 되어있는 여자친구의 비키니 사진을 들이밀며) 여름휴가 때 사진 볼래?"

여자친구들은 '남성에게 높게 평가 당한 자신'이 자랑거리가 될 때, 남자친구들은 '자신이 높게 평가한 여자'를 자랑거리 삼고 있었다. 여자친구들이 '남성들이 자신을 얼마나 귀하게 대접해주고 있는지'가 자신의 존재 가치를 증명해주는 증거가 될 때, 남자친구들에게는 '자신이 얼마나 어리고 예쁘고 몸매 좋은 여자'를 만나고 있는지가 자랑거리가 됐다.

여자친구들이 '남성들이 인정해주는 자신의 모습'이 동성 친구들의 평가보다 무게 있고 가치 있는 것으로 느낄 때, 남자친구들은 '같은 동성 친구들 사이에서 능력 있다고 인정받는 자신의 모습'에서 진정한 가치를 느끼고 있었던 것이다.

◦ 진짜 여자는 늙지 않는다 ◦

"나 매력적인 가요? 같이 자고 싶을 만큼?"

나른한 일요일 오후. 노트북으로 「우리의 릴리(La Petite Lili)」라는 프랑스 영화를 보고 있을 때였다. "여자는 나이가 들면, 연애다운 연애를 하고 싶어도 그게 쉽지가 않아. 한창일 때 여러 사람 많이 만나고 다니라는 얘기야." 별안간 영화 속 한 장면에서 엄마의 목소리가 튀어 오르는 바람에 잠시 스페이스 바를 눌러 영화를 PAUSE해야 했다.

예전에 들었던 것 같은 엄마의 저 대사가 왜 하필 주인공 릴리가 제 아빠뻘 되는 브리스를 유혹하는 장면에서 떠오른 거람?

| 여성성의 유통기한 |

엄마는 내게 한 살이라도 어릴 때 될 수 있는 한 많은 연애를 해보라며 입버릇처럼 말씀하셨다. 여자에게 젊음의 상실이란 곧 섹슈얼리티의 소멸, 강제 타성화(desexualization)의 진행이라고 생각했기 때문이다.

"그래? 유통기한이 있는 식품이랑 똑같네? 뭐, 우유 같은 그런 개념인가."

사실 현대 사회, 특히 우리나라에서 여성의 나이가 가지는 '대중적 의미'를 더 적절하게 비유한 음식은 케이크다. "여자 나이는 크리스마스 케이크라잖아. 이브 전(24일=여자 나이 24살)에 가장 많이 팔리고 당일(25일=여자 나이 25살)부터 점점 안 팔리기 시작한다고. 나도 이제 꺾였어."

미국에서 교환학생 생활을 같이 한 25살 선배가 크리스마스 파티 준비를 위해 함께 장을 보러 갔다가 나란히 진열되어 있던 케이크를 보며 푸념하듯 내뱉던 대사였다. 본인을 향해 '꺾였다'고 놀리던 같은 과 남자 동기들의 표현을 그대로 곱씹던 그녀. 그때 얼핏 느꼈던 감정은 타성화되는 자신의 육체에 대한 혐오와 두려움이었다.

물론 성별 및 국적을 막론하고 인간이라면 누구나 노화 현상을 두려워하며 살아간다. 매스미디어가 찍어내는 콘텐츠마다 '젊은이들만의 서사'만 가득한 곳에서 늙는다는 것은 곧 주변인, 비주류가 되는 것임을 잘 알고 있기 때문이다. 하지만 현대 사회에서 여성의 젊음은 남성의 그것보다 몇 곱절은 더한 무게와 가치를 지니는 자원으로 통용되고 있기에 노화의 의미는 여성에게 조금 더 가혹하게 다가온다.

| 엄마는 아줌마라서 안전해 |

내가 재수생이던 시절, 매일 집에서 독서실까지 오가던 길목은 침침한 가로등 불빛 때문에 유독 어둡고 음산했다. 엄마는 매일 밤 그 길을 홀로 걸어 나를 데리러 오곤 했다. 어둠이 유달리 짙게 느껴지는 밤이면 "그 시간에 여자 혼자 걸어오는 데 위험하지 않아?"라고 물었다. 그럴 때마다 엄마는 이렇게 대답했다.

"에이, 나는 아줌마라서 괜찮아."

엄마가 늦은 밤길을 홀로 걸어도 딸보다 비교적 안전할 수 있다고 믿는 이유는 그녀가 나보다 몸집이 커서도, 힘이 세서도 아니었다. 남성 사회가 만들어 놓은 '진짜 여성'의 범주에서 40대 후반 여성은 열외였다. 그래서 인적 드문 공장 지대의 밤길을 홀로 걸어도 교복을 입은 딸보다는 비교적 안전하리라고 느꼈던 것이다.

진짜 여성의 정의는 그런 개념이 아니라고? 지나가는 사람을 아무나 붙잡고 '여성을 그려보세요'라고 한 뒤 어떤 그림을 그리는지 잘 살펴보라. 머리에 희끗희끗한 새치가 몇 가닥 있고, 얼굴에는 자연스럽게 주름이 지기 시작한 40~50대의 중년 여성을 떠올리는 사람이 과연 몇 명이나 될까? 구글 검색창에 서양식 LADIES AND GENTLEMEN 문구를 가시화시킨 픽토그

램이나 일러스트를 검색해 보라. 콧수염과 중절모를 쓰고 지팡이를 짚은 중년의 남성과 칵테일 드레스를 차려입은 20~30대 여성이 함께 등장할 테니까.

| 경력보다 '값 나가는' 나이 |

내가 막 신입사원이 되었을 무렵, 부문 차장급 이상의 술자리에 우리 팀 팀장님과 함께 참석하게 된 적이 있었다. 우리가 술자리에 들어서는 순간 처음으로 들었던 환영 인사말은 "칙칙했던 술자리가 갑자기 환해지네"였다. 둘째를 출산 후 육아 휴직을 끝내고 이제 막 복직했다는 차장님은 "이제야 팀장님들이 웃으신다"라며 한 마디 거들었다. 갓 대학을 졸업한 20대 젊은 여성의 등장만으로 분위기에 생기가 돈다며 모두가 너스레를 떤 것이다.

그때 순간적으로 느꼈던 감정은 당혹스러움이었으나 돌이켜 생각해보면 살짝 우쭐한 기분도 맛봤던 것 같다. 입사 경력 10년 차를 넘어 20년 차를 향해 달려가는 쟁쟁한 여자 선배들 사이에서 단지 '어리다는 이유' 하나만으로 내가 가장 주목받고 인정받는 사람이 된 것 같았기 때문이다. 그녀들의 경력과 직위보다 나의 젊음이 더 가치를 발하는 순간이었다.

| 비겁한 연령주의 |

'여자 나이'가 외모만큼이나 여성의 위계를 정하는 또 다른 수단이자 기준이라는 걸 보여주는 대표적인 예는 바로 성 산업이다. 매매춘을 합법화해 관리하는 '관리주의 성매매'를 주장하는 이들은 "남성 구매자는 여성의 '성' 자체를 사는 것이 아니라 그들의 특별한 기술(스킬)을 산다" 등의 명제를 들이민다.

캐슬린 베리가 『섹슈얼리티의 매춘화』에서 성 산업 종사자들을 인터뷰해 분석한 자료에 따르면, 그들은 구매자에게 서비스(섹스)를 제공할 때 일부러 다른 생각을 하거나, 술을 마신다거나, 마약을 하는 방식으로 끊임없이 자신의 행위를 자신의 인격과 분리하려 노력한다.

만약 남성 구매자들이 실질적으로 구매하는 것이 '숙달된 기술 및 서비스' 그 이상도 이하도 아니라면 이런 부단한 노력이 필요 없을 것이다. 어느 외과 의사가, 어떤 도공이 자신이 하는 일을 '억지로' 잊기 위해 술을 마시고 다른 상상을 하고 마약에 취하던가? 캐슬린 베리는 이런 행위를 과연 노동이라 부를 수 있느냐며 의문을 제기한다. 매춘은 단지 성을 사고파는 계약이 아니라, 성을 매개로 계급을 만들고 사람을 노예처럼 지배하고 착취하는 행위일 뿐이라는 것이다.

무엇보다 정말 성노동이 '특별한 기술과 서비스'를 제공하는 직업의 한 종류라면 경력이 오래된 여성일수록 더 높은 급여를 받도록 시장가가 형성되어 있어야 한다. 성매매 시장의 수요자들이 공급자들의 '숙련된 기술'을 사기 위해 경력에 부합하는 가격을 지불하려 할 것이기 때문이다. 외과의사, 도공, 요리사와 같은 전문직 종사자들이 자신의 경력 및 기술 숙달도에 따라 더 많은 페이를 받는 것처럼 말이다.

그러나 성 판매 시장에서는 이 '서비스' 값 매기기가 거꾸로 흘러간다. '초짜'일수록, 즉 나이가 어려서 경험이 적은 여성일수록 높은 페이를 받기 때문이다. 성 산업 종사 경력 20년 된 40대 여성과 어제 처음으로 일을 시작한 20살 여성 중에서 1시간 노동에 더 많은 페이를 받는 것은 어느 쪽이라고 생각하는가?

10년이 훌쩍 넘는 긴 시간 동안 손에 굳은살이 배기도록 대패질을 한 장인에게 누구도 '굴러먹을 만큼 굴러먹었다'고 묘사하지 않는다. 대신 노련하다, 숙련되었다는 존경과 인정이 담긴 말을 붙이며 극진히 대접하지 않던가.

성별에 따라 불공평하게 적용되는 왜곡된 연령주의가 곳곳에 어지러이 점철되어 있는 이 사회 속에서, 누군가는 쫓기는 심정으로, 닳는다는 심정으로 '나이 듦'의 과정을 겪고 있을 수도 있겠다는 생각이 문득 스치던 밤. 나는 어느 순간부터 영화에 제대로 집중을 할 수 없었다. 같은 대사만 계속 뇌리에서 맴돌았기 때문이다.

"나 매력적인 가요? 같이 자고 싶을 만큼?"

◦ 여성들의 공포로 등치를 키우는 어둑시니* ◦

'여성의 교환'은 (…) 여성이 인간 존재라기보다는 물건으로 생각되었던 교역의 최초 형태이다. (…) 여성의 교환은 여성 종속의 시작을 나타낸다. 그것은 다시 남성 지배를 만들어내는 성별노동분업을 강화한다.

– 거다 러너, 『가부장제의 창조』

| 쇼 비즈 SHOW BIZ |

난 화려한 별이야!

청중들은 날 사랑하지. 나도 그들을 사랑해.

따지고 보면 우리는 서로 사랑하는 사이인 거야!

(속삭이듯이) 이건 우리가 유년시절에 부모로부터 충분한 사랑을 받지 못하고 큰 탓이긴 하지만.

뭐 어쨌거나 이게 바로 쇼 비즈니스라는 거야!

모두들 내 이름을 불러, 록시!!

– 「시카고」 OST, '록시(Roxie)'

---

* 한국 민담에 등장하는 요괴. 사람이 지켜보고 있으면 점점 커진다. 계속 바라보거나 올려다보면 볼수록 더 커져서, 마지막에는 사람이 깔려버린다고 한다. 반대로 그렇게 커지고 있는 것을 억지로 내려다보면 점점 작아져 마지막에는 다시 사라지게 된다고도 한다.

암전 된 무대. 스포트라이트 보다 더 화려하게 번쩍거리는 의상을 입고 청중을 향해 걸어 나오는 금발의 록시. 발갛게 분칠해 마치 포르노그래피 속 절정에 다다른 배우의 얼굴을 연상케 하는 두 뺨. 취한 듯 노곤하게 반쯤 감겨 있는 눈꺼풀. 하늘하늘 흔들리는 몸짓으로 독백을 읊조리는 그녀. "어릴 적 당신은 충분한 사랑을 받지 못했죠. 나 역시 마찬가지예요. 우리는 모두 상처받고 외로운 영혼이잖아요. 어쩌면 오늘 밤, 우리가 여기서 만나게 된 것도 다 그 때문인 걸지도 몰라요."

턱시도 차림의 남자 댄서들이 그녀를 에워싸고 마치 꿈이라도 꾸는 듯 황홀한 표정으로 '록시, 록시…'라며 마법 주문처럼 그녀의 이름을 되뇐다. 그러자 관능적인 이름의 주인공은 망설임 없이 그들의 손과 팔로 만든 인간 구름다리 위로 풀쩍 뛰어올라 무대 아래 관객을 훑기 시작한다.

"이런 걸 바로 쇼 비즈니스라고 하는 거죠."

어차피 이런 놀음은 다 '돈을 벌기 위한 수단이자 먹고사니즘의 일부'라며 뇌까리는 그녀의 가시 돋친 말. 그 위에 깔리는 그녀의 표정은 매혹적이고, 심지어 사랑스럽기까지 하다.

| 만질 수 있는 그녀 |

영화를 보는 내내 그리스 신화에 등장하는 세이렌의 이야기가 떠오른 것은 단순히 우연의 일치는 아닐 것이다. 록시의 눈짓 하나 손짓 하나에 침몰하는 갑판 위 선원들처럼 정신을 잃고 빠져들던 청중을 보라. 21세기의 세이렌은 사방이 파도로 넘실대는 바위 위를 벗어나 스마트폰 화면, 브라운관, 영화 스크린 속에서 선원들을 향해 감미로운 노래를 부르고 있다.

미러리스 카메라 광고의 카피는 '여배우보다 여자친구가 좋은 이유는 실제로 만질 수 있어서'이다. 통신사 광고에서는 짧은 크롭티와 핫팬츠 차림의 아이돌 가수 사진 밑에 '일주일만 만져봐'라는 문구를 걸었다. 간접적인 성적 연상을 유도하며 수월하게 남성들의 열광적인 반응을 이끌어 냈다. 영리한 매스 미디어는 어떤 문구와 시청각적 자료로 여성을 조작하고 만들어 내야 남성들의 판타지를 자극시킬 수 있는지 훤히 꿰뚫고 있기 때문이다. 21세기의 선원들이 현실에서 직접 만질 수 있는 세이렌을 영접하기 위해 다양한 형태의 성 산업에 돈을 쏟아 붓게 되리라는 것도.

| 세이렌의 현신 |

여성들은 현대판 율리시스(매스 미디어)가 짜놓은 문화적 각본에 걸맞은 여주인공이 되기 위해 지난한 오디션을 치러야 하는 저주에 걸린다. 그들이 세이렌의 현신이 되기 위해 '달성해야 할' 이상적인 여성상을 제공하는 것도 물론 미디어의 역할이다.

미국 대학생들의 섹스, 성폭력에 대한 인식 그리고 미디어가 만들어낸 왜곡된 성 역할과 개념을 알아보는 넷플릭스의 다큐멘터리 「섹스 토피아」에 이런 대목이 있다. 사춘기가 끝난 여학생들이 비욘세, 레이디 가가, 마일리 사이러스 같은 셀레브리티들을 보며 이상적인 여성성에 대해 학습한다는 것이다. 남성의 시선으로만 결정된 '미의 특징'을 집약적으로 갖춘 그녀들은 "나는 멍청한 남자가 싫어", "너 보라고 예쁜 거 아니거든?!" 하고 고고하게 뇌까리며 하반신만 활발한 '짐승 같은 놈들'을 아래위로 훑는다. 영 제너레이션의 워너비인 '주체적으로 섹시한 여성' 콘셉트의 완벽한 연출이다.

스크린을 위시한 각종 매체들 속 그녀들은 남성의 아이캔디 역할을 톡톡히 수행하며 엔터테인먼트 사업을 견인한다. 동시에 여성들의 워너비 핀업걸*로 자신의 성적 매력을 전시하며 잠재적 고객층—자신을 닮고자 많은 돈을 코스메틱 산업 및 각종 꾸밈 노동에 쏟아 부을 여성—을 향해 다음과 같은 메시지를 흘린다.

"나처럼 세상 사람들의 주목과 사랑을 받고 싶어? 그럼, 나처럼 '잘 팔리는' 외모와 육체를 가져야 해."

셀럽의 이미지는 남성이 가지는 성적 욕망의 대상이 되는 것이 곧 주인공이 되는 것이라는 전제를 공공연하게 깔고 있다. 이를 '성공한 여성'의 디폴트값으로 인식한 여성들은 뷰티 시장에 막대한 돈과 에너지를 쏟아 붓는다.

| 빅토리아 시크릿? 캐피탈리즘 시크릿! |

소비 시장이 순진한 여성 소비자들을 홀리는 상술은 꽤 오랜 역사를 가지고 있다. '당당한 여성', '성공한 여성', '사회적으로 인정받는 여성'의 이미지를 바탕으로 "당신을 위한다" 혹은 "여성을 위한다"는 타이틀을 전면에 내세우고, 정작 여성을 기만하는 상품들을 팔아 젖히는 세일즈 방식이다. 당장 스마트폰으로

* 성의 이상적인 아름다움, 매력을 보여주는 그림이나 연출된 사진 속의 여성

아무 SNS에서 쉽게 발견할 수 있다.

불쌍한 세이렌의 '예비 현신'들은 미처 몰랐다. 자본주의의 매스미디어가 자신들을 향해 셀링하고 있는 것이 제품 그 자체가 아니라 '이미지'였다는 것을 말이다. 대중문화 콘텐츠들은 자신들이 궁극적으로 셀링하고자 하는 상품들의 기능적인 면을 부각시키기 보다는, '이 구두를 신으면, 이 립스틱을 바르면, 이 크롭티를 입으면 너도 두아리파처럼 당당하고 주체적으로 아름다운 여성이 될 수 있어. 네가 이상적이라고 생각하는 여성의 모습에 한 발짝 더 가까워지게 되는 거야'라며 이야기한다. 그쪽이 장기적인 관점에서 훨씬 효과적으로 수익을 창출하는 마케팅 전략이라는 것을 지난 수십 년간 축적된 매스 데이터를 바탕으로 간파했기 때문이다.

1997년 파산위기에 처한 애플에 스티브 잡스가 복귀한 후 임직원을 상대로 펼쳤던 연설에는 자본주의 회사들이 시장을 바라보는 태도가 적나라하게 드러나 있다.

"낙농업계는 지난 20년 동안 우유가 몸에 좋다고 여러분들을 설득시키기 위해 노력했습니다(그들이 주장하는 바가 완전 근거 없는 거짓말이었음에도 불구하고요). (…) 그런데도 매출은 계속 하락했죠. 그러다가 '우유 있어요(Got Milk?)'라는 광고 캠페인을 벌였고 드디어 매출이 반등하기 시작했습니다. '우유 있어요?'에선 심지어 제품에 대한 이야기조차 없어요.

나이키는 생필품을 파는 회사입니다. 신발 파는 회사라고요. 하지만 나이키하면 단순히 신발 회사가 아닌 다른 무언가가 생각납니다. 여러분도 아시겠지만 그들은 광고에서 결코 제품에 대한 이야기를 하지 않습니다. 나이키 에어 운동화가 리복의 것보다 어떤 점이 나은지 절대 말하지 않아요. 나이키는 광고할 때 뭘 하죠? 그들은 위대한 운동선수들에게 경의를 표하고 스포츠 역사를 기립니다. 그것이 그들의 정체성이고 그것이 그들이 존재하는 이유입니다."

잡스는 임직원들을 향해 상품이 아닌 이미지를 파는 회사가 되어야 살아남을 수 있다고 얘기한다. 잡스가 복귀하고 만들어진 애플 프로모션 영상에는 단 한 컷도 맥북이 등장하지 않는다. 다만 아인슈타인, 마틴 루터킹, 존 레논, 애디슨, 라이트 형제 등 역사 속에서 창조적인 업적을 세운 이들의 영상을 연달아 보여주며 'Think Different'라고 한 마디 던질 뿐이다.

"만약 그들이 오늘날 살아있었다면, 작업할 때 분명 맥북을

사용했을 겁니다."

평범한 사람들과는 다른 생각을 하고 창조적인 혁신을 만들어내는 사람들은 그들만큼 창조적인 브랜드의 물건 즉, 애플의 맥북을 사용할 것이라는 이미지 알고리즘을 사람들의 뇌리에 열심히 이식한 것이다.

그가 예시로 들었던 '우유 있어요?'라는 광고도 처음 전략은 '왜 우유를 마셔야 하는지'를 구구절절 설파하려 했으나 매출 하락세에서 벗어나지 못했다. 반면 제품에 대해 일언반구도 없이 '당신의 일상에 우유는 꼭 필요하다'는 메시지를 심어주는 이미지에 치중한 광고를 찍기 시작하며 마침내 매출 반동의 흐름을 타게 되었다고 말한다.

이와 같은 상품 매출 전략이 섹슈얼리티 산업에도 그대로 적용되고 있다. 쇼 비즈니스에서 여성의 성은 물화된 하나의 상품이나 마찬가지이기 때문이다. 매스미디어의 상술에 걸린 여성들은 '주체적' 마리오네트가 된다. 상품의 구매로 얻을 이미지에 취해 새 옷과 화장품을 사들이기 시작하는 등 쇼핑에 중독된다. 할부 5개월이면 여러 개를 사도 한 달 월급으로 낼 만하다는 생각으로 긁어 대고, 또 긁어 댄다. 그들이 시키는 대로 소비를 통해 계속 자신을 '업그레이드' 하지만 왜인지 모르게 감정적 허기는 더 깊어져만 간다. 이번에 새로 산 구두가 그 허기가 조금이나마 채워주길 바라면서.

| MAKE-UP IS MY POWER |

"모두의 시선이 저에게 집중되는 순간, 메이크업은 정말 중요하죠! 18시간 지속되는 자신감이 필요해요. 하지만 이거 하나(파운데이션)면 충분해. 감쪽같은 커버력에 모두 놀랄 거예요."

검은색 라이더 자켓에 붉은 립스틱을 바른 배우가 당당한 표정으로 카메라 앞까지 걸어 나와 "MAKE-UP IS MY POWER"이라 외치며 모니터 밖 시청자들을 응시한다. 18시간 동안 무너지지 않고 지속되는 파우더를 바른 탓에 덩달아 스테미나도 부스트업 되었는지 두 주먹을 허공에 들고 불끈 쥐어 보이기까지 한다.

이상한 일이다. 정말 메이크업이 '힘'이라고? 왜 여성에게만 권력을 부여하는 도구로 작동하는가? 어째서 메이크업은 여자와 남자를 차별을 하는가? 불평등하다! 남성도 화장으로 권력을 쟁취할 수 있게 허락하라, 허락하라!

하지만 누구도 위와 같은 궐기를 일으키지 않는다. 남성들은 오히려 요즘들어 하나 둘 얼굴에 비비크림을 바르고 눈썹을 그리기 시작하는 이들—맨스 그루밍족이라 불리는 Men's Grooming族—을 경계하고 있다.

이말년 작가의 웹툰 시리즈 중 한 편에서 이를 적절하게 대변한 에피소드가 등장한다. 주인공이 어느 날 대로변에서 화장하고 지나가는 남자를 발견하고 남사스럽다는 듯이 비웃는다. 그러자 친구가 되레, "요즘엔 남자도 화장하는 시대라고! 그루밍족 몰라?" 하며 꼽을 준다. 그 반응에 발끈한 주인공은 불붙은 성냥개비를 발등에 떨어뜨리기라도 한 듯 기겁을 하고 난리를 치기 시작한다. "모두(남성)가 화장을 하는 게 당연한 세상이 온다면! 그럼 넌 어떻게 할거야? 남들 다 화장하면!" 그러자 친구는 풀이 죽은 표정으로 "큭… 나도 아마 화장을 할 거 같아…."라고 기어들어가는 목소리로 대꾸를 한다.

"뭐? 남자도 화장을 하기 시작하는 시대?! 여성들이 겪고 있는 고통의 굴레를 네놈들이 퍼트릴 셈이냐! 빼애애액!"

남성 대부분이 화장하고 꾸미는데 열중하는 남자에게 '게이같다'며 욕을 하고, 왜 예능 프로그램에 나와 파트너의 발을 닦아주는 남성 출연진을 향해 분노를 표출했는지 이제 좀 이해가 된다. 남성은 '좋은 남자'에 대한 여성들의 기대치가 상향평준화되는 것이 전혀 달갑지 않은 것이다. 괜찮은 남자라는 타이틀을 차지하기 위한 조건이 늘어나게 되면 그에 상응하는 부가적인 노력을 기울여야 하기 때문이다.

"예전에는 와이프한테 손찌검만 안 해도 남들이 부러워하는 신랑감이었는데…, 이제는 여자들처럼 피부 관리하고 화장까지 하라고? 장난하냐 진짜? 아, 옛날이여…!"

| REAL POWER |

요철이 없는 무결점 피부, 생기 도는 입술, 풍성한 S컬 속눈썹, 가지런한 일자 강아지 눈썹, 발그레한 홍조를 머금은 양 볼이 사회적 영향력과 결정권에 미치는 힘을 가지고 있는 진짜 권력이었다면 남성도 진작 화장을 하지 않았을까? 아니, 오히려 여자보다 먼저 화장을 시작하지 않았을까?

신입사원이 아우디나 벤틀리 같은 외제차를 사옥 주차장에 주차하는 것을 두고 '무개념'이라며 임직원들이 인정사정없이 까는 이유는 무엇인가? 주차장에 자리가 모자라서? 너도나도 자동차를 끌고 나오면 대기 이산화탄소 배출량이 많아질까 봐? 모두 아니다. 정답은 바로, '머리에 피도 안 마른 신입사원 주제에 건방지게 외제차를 몰고 출근'을 해서 간부급이상의 직원들의 KIBUN(기분)을 상하게 했기 때문이다. 남성들 사이에서 직위 · 직책으로 나뉜 사회적 위계 서열을 경제력으로 뒤집는 하극상을 '사내 기강을 위해서라도 가만히 두고 볼 수 없다'는 것이다.

반면 만약 화장이 진짜 권력이었다면 아래와 같은 상황이 발생했을 것이다.

"A씨는 입사한지 얼마나 됐다고 벌써 외제 화장품 브랜드를 바르고 다니나? 도대체 개념이 있어 없어? 차장님도 아직 국내 로드샵 블러셔 바르고 계신데 네가 감히 B사의 D블러셔를 발라?"

| 화장솜으로 지워지는 ME의 기준 |

한국의 대표적인 화장품 로드샵 브랜드 M사의 한 광고에서는 다양한 개성을 지닌 여자 모델들이 차례로 자신이 생각하는 아름다움의 기준에 대해 이야기하는 장면이 등장한다.

"다른 사람의 시선을 신경 쓰지 않고, 유행에 휩쓸리지 않으며, 단점까지도 매력으로 만들 수 있다는 거죠.(화장대 앞에서 화장을 하는 여성의 모습, 언더웨어만 걸치고 당당하게 앉아 있는 모습, 쇼핑백을 두 손 가득 들고 신나게 조잘거리며 뛰어가는 여성 무리가 차례로 비친다) 우리는 바랍니다. 당신이 더 대담해지기를. 스스로의 아름다움을 알고 반짝이며, 감추기보다 드러내고, 세상의 기준보다 당신의 기준을 따르기를. 이제 시작합니다. 아름다움에 대한 자신만의 기준을 찾는 일. 언제나 당신이 스스로 빛날 수 있도록, Me의 기준."

스스로의 아름다움을 깨닫자고? '세상에 게으른 여자는 있어도 아름답지 않은 여자는 없다'는 말을 돌려서 하고 있는 건가? 아니, 그리고 애당초 단점이 꼭 매력적으로 비춰져야만 포용할 수 있는 존재인 거야? 그냥 그대로 내버려두면 안 되나? 결국 화장을 하지 않고는, 꾸밈 노동 없이는 나에 맞는 단점을 매력으로 승화시킬 수 없다는 뜻이잖아.

이 'ME의 기준'이라는 광고가 나오기 3년 전, 글로벌 화장품 브랜드 로레알에서 먼저 'World of Beauty'라는 타이틀의 프로모션 영상을 발표했었다. 세계 여러 국에 지사를 가지고 있는 로레알이 나라별 수도를 방문하여 길거리 여성들을 무작위로 인터뷰한 영상이었다. 주제는 '내가 생각하는 아름다움'이다.

"I think beauty is an attitude."

아름다움이란 태도라고 생각해요.

"Beauty is empowerment, self-confidence, self-discovery, beauty is feeling free."

아름다움이란 유능함, 자신감, 자기 발견, 그리고 자유로움이에요.

"Beauty is being natural, trying to kind of embrace all of your natural attributes."

아름다움이란 자연스러운 내가 되는 것, 자신이 선천적으로 타고난 모든 면을 받아들이려 노력하는 거예요.

"Beauty is energy."

아름다움은 에너지에요.

"To me, beauty is the ability to be yourself and do whatever makes you feel the best."

제게 있어 아름다움이란, 자기 자신이 될 수 있는 능력 그리고 자신을 행복하게 만드는 일을 하는 거예요.

"Beauty is more of an experience, something natural, something clear."

아름다움이란 경험에 가깝죠. 자연스럽고, 선명한 경험이요.

"I think for me a personal moment of beauty is being surrounded by the people that I love."
제가 사랑하는 사람들에게 둘러싸여 있을 때가 아름다운 순간이라고 생각해요.

그녀들은 '개성 있는' 화장이나 스타일로 개인의 아름다움을 정의하기보다는 삶을 대하는 태도, 자신의 감정, 주변 환경들을 통해 아름답다는 형용사를 풀어내고 있었다. 3년이 지난 지금도 우리는 외적인 아름다움에만 골몰한 채 한 치도 발전되지 못한 명제 속에 갇혀 있는데 말이다.

다시 M사의 광고가 플레이 되고 있는 유튜브 채널로 돌아가 보자.

"여성은 언제까지 보여지기 위해 노력해야 하는 걸까요? 언제까지 외모가 예의이며 매력이어야 할까요? 매일 아침 졸린 얼굴에 파운데이션을 찍어 바르며, 온갖 화학 성분이 뒤섞인 색조 화장품으로 음영을 넣는 고생을 해야 하나요? 그렇게 노력함에도 번진 화장, 피부트러블을 지적 받으며 살아야 할까요? 왜 화장이 예의라 설파하는 남성들의 얼굴엔 그 예의가 없는 건가요? 그런 사람들 앞에서 '이것이 나의 美'라 말하며 당당하라고요? 구두약과 성분이 비슷한 파운데이션과 립스틱으로 가려야 얻어질 수 있는 당당함이 영원하긴 한가요?"

해당 영상에 달렸던 댓글 가운데 사회생활 속 꾸밈 노동에 지친 한 여성 구독자의 토로가 스스로의 아름다움을 알고 반짝이라는 광고 속 여성의 대사와 교차되며 어지러이 뒤섞이고 있었다.

| 성형외과 실장의 NEW ID, 인스타그램 |

가슴 수술을 받고 퇴원하는 길. 마침 하늘에서는 하나 둘 빗방울이 떨어지기 시작했다. 가족들에게 미리 알리지 않은지라 수면 마취에서 깬 나를 부축해주는 사람은 며칠 오고 가며 마주친 것이 전부인 성형외과 실장이었다. 시간에 맞춰 병원 입구에 도착한 콜택시에 타고 "회복 잘 하세요"라는 실장의 말을 뒤로 한 채 집으로 향했다. 택시가 방지턱을 넘을 때, 브레이크를 밟을 때마다 가슴에 두르고 있는 압박붕대에 가슴이 눌려 찌르르한 통증이 느껴졌다. 차체가 흔들릴 때마다 찰랑찰랑 목까지 차오른 이유 모를 슬픔도 함께 위태롭게 덜컹거렸다.

수술을 받기 전엔 미처 몰랐다. 수술 뒤 절개한 겨드랑이 부위에 호스를 연결하여 피를 짜는 것이 죽을 만큼 아프다는 것을. 수술 부위에 피가 고여 구축이 오지 않도록 시큼한 냄새를 풍기는 피 주머니를 화장실

변기에 몇 번이나 홀로 비워내야 한다는 것을.

일주일 휴가를 내고 세 번째로 병원을 가는 길. 또 우악스러운 가슴 마사지를 받아야 할 생각을 하니 오금이 저리는 통증이 살갗을 스치며 벌써부터 눈물이 찔끔 삐져나왔다. 알 수 없는 분노와 원망이 솟구쳤다. 하지만 뚜렷한 대상을 찾을 길이 없었다. (…) 아니, 결국 이 모든 비참의 근원은 바로 나다. 내가 스스로 이 통증과 아픔을 자초한 것이다. 하지만 대체 뭘 위해서? 500만 원이라는 지출과 통증, 겨드랑이에 선명히 남겨진 붉은 절개 자국을 위해서였나? (…)

수술 이후 나는 매일 우울감과 싸워야했다. 풍만한 가슴을 얻으면 행복해질 거라 믿었다. 하지만 남겨진 것은 마사지를 받아 풀리기 전엔 돌덩이처럼 딱딱한 보형물과 흉터 자국, 그리고 비참한 감정뿐이었다. 도대체 어디서부터 잘못된 거야? 어쩌다가 이런 비이성적인 행동을 하게 된 거지…?

새벽 1시가 넘은 시각. 대학 신입생시절부터 가깝게 지내던 친구에게 연락이 왔다. 그녀는 '최근 눈, 코 그리고 가슴 수술을 받았다'고 힘겹게 운을 뗐다.

직장에서 어울리는 멤버 중 자신만 '무쌍'이었다는 그녀는 친한 동료의 권유로 쌍꺼풀 수술을 받았다고 했다. 그 뒤로는 아는 친구가 자신의 코 수술을 앞두고 '친구랑 둘이 받으면 디

스카운트를 더 해준다더라'는 말에 솔깃하여 같이 받게 되었다고. 자신의 주변에서 몸에 크고 작게 손을 댄 사람을 많이 봐왔기 때문에 딱히 성형수술에 대한 생소함이나 두려움이 들지 않아 비교적 쉽게 결정을 내릴 수 있었다고 했다. '주변 환경이 이렇게 중요하구나…'라고 생각하는 찰나, 그녀의 카톡이 다시 이어졌다.

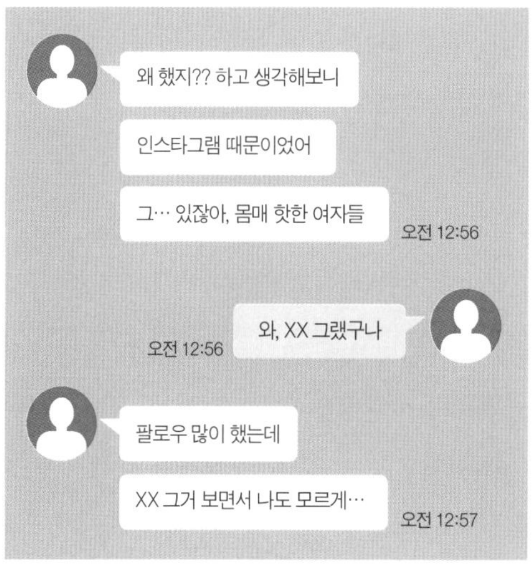

그녀는 인스타그램 피드(feed)에 사탕껍질처럼 다양한 필터 및 보정 효과를 여러 겹 덧대 입은 채 업로드 된 이미지들을 수동적으로 소비하고 있었다. '저런 외관을 갖추게 되면' 인플루

언서들의 사진마다 달리는 수천수만 개의 하트(like)처럼 많은 사람들의 사랑과 관심을 받을 수 있게 되리라 생각했다고 고백했다. 사회생활을 하며 뭉그러졌던 자신의 자신감을 원상으로 소생시킬 것이며, 세상을 향한 본인의 태도를 바꿀 것이고 결론적으로 '좋은 남자'를 만나 결혼이라는 클래시컬한 해피엔딩에 도달할 수 있게 만들어 주리라 굳게 믿은 것이다. 이런 자기 확신에 가까운 생각에 한번 갇히게 되자 성형수술에 수반되는 비용과 시간 그리고 부작용 등에 대한 이야기는 더 이상 눈과 귀에 들어오지 않았다고도 말했다.

가슴 수술 후 회복하는 과정에서 겪어야 했던 고통스러운 시간들은 그녀에게 '도대체 무엇을 위해 내가 이런 생살을 찢는 고통을 감내하고 있는가'라는 질문을 던지게 했다. 누군가의 여자친구, 아내로서 사랑받는 삶을 쟁취하기 위해서? 타인의 존재에 의탁해야만 얻을 수 있는 안정감과 시혜적 관심이 정말 이 모든 아픔과 슬픔을 감내할 가치가 있는 것일까?

더 행복한 삶을 살고자 감행한 행보에서 전보다 더 큰 불행과 우울감을 느끼게 된 그녀는 혼란스러운 듯 했다.

'소셜 그루밍 Social grooming(또는 allogrooming)'이란, 유인원을 위시한 다양한 종류의 사회적 동물들 사이에서 관찰되는 일정한 행위를 지칭하는 말이다. 조직 구성원들의 몸을 핥거나 털 속에 이를 잡아주는 행동 등을 통해 친분을 쌓고 서로의 유대감을 강화하는 것을 뜻한다.*

인터넷 상에서 사용하는 소셜 그루밍이란 위와 같은 동물행동학적 용어에서 파생된 개념이다. 인스타그램, 페이스북 등 사진 및 동영상을 공유할 수 있도록 개발된 소셜미디어 플랫폼을 기반으로 성행하기 시작한 '따봉충' 현상을 지칭한다. 즉, 소셜 미디어 속 친구들의 프로필이나 각종 사진에 댓글을 남기고 '좋아요'를 누르는 사회적 참여 활동(social engagement behavior)을 말하는 것이다.**

사회적 동물 사슬 안에서 부동의 끝판왕 자리를 차지하고 있는 '인간계'의 새로운 관계 유지법(a.k.a 사교술). 이로 인해 떠오른 따봉충 활동이란 쉽게 말해 SNS 소셜 네트워크 계정을 가

---

* Widipedia-thefreeencyclopedia, "Social Grooming". https://en.wikipedia.org/wiki/Social_grooming

** Utz, S., & Beukeboom, C. J. (2011). "The role of social network sites in romantic relationships: Effects on jealousy and relationship happiness", Journal of Computer-Mediated Communication, 16(4), pp. 511-527

지고 있는 10~20대들이 손끝으로 벌이는 인적 네트워크 관리 및 강화 활동이다. 회사 마케팅 부서의 온라인 마케팅팀, E-commerce팀 같은 개념이랄까.

당신에게 놀라운 수치를 공유해보고자 한다. 다음에 제시되는 숫자들을 보면 당신도 왜 SNS 플랫폼이 새로운 사교의 장인지, 모든 이들의 일상 속에 깊숙이 침투해 있다고 하는지 체감할 수 있을 것이다. 사실 당신의 지난 활동 이력 역시 이 수치에 포함되어 있다(인스타그램은 당신이 지난 밤 핸드폰으로 한 일을 모두 알고 있다).

인스타그램에는 매일 약 9천 500만 개의 사진이 업로드되고 있다. 평균 40억여 장의 사진이 피드를 통해 전파되고 있으며, 하루 평균 생성되는 '좋아요(하트 버튼)' 수는 42억 회다. 인스타그램 사용자의 90%는 35세 미만이며, 특히 25세 이하 사용자는 이 플랫폼에서 하루 평균 25분 이상을 소비하고 있다고 밝혀졌다.*

2000년대에 들어서 탄생한 신생종족 '엄지족'은 280자(트위

* "2018년에 알아야 할 놀라운 소셜 미디어 통계", 『트렌드리포트』, 2018. 1. 29. https://www.taglive.net/forum/trend/010.html

터 게시물의 글자 제한 수) 이상의 장문을 읽거나 쓰는 것을 어려워하거나 기피한다. 일 년에 단 한 권의 책조차 읽기 힘들어 하지만 하루에 25분씩은 꼬박 인스타그램 피드 속 이미지를 소비하거나 생성하는 데엔 별 무리가 없는 모양이다.

이렇게 비주얼적인 이미지에만 치중되어 있는 SNS 사교활동과 관련하여 곳곳에서 우려의 목소리가 번져 나오는 이유는 인플루언서란 자들이 일반인에게 미치는 파급 효과가 실로 어마어마하기 때문이다.

오현숙 평택대학교 광고홍보학과 교수가 최근 발표한 논문 내용에 따르면, 소셜 미디어를 이용하는 이들이 외모에 대한 강박을 더 크게 느끼는 이유는 바로 또래 집단과 스스로를 비교하기 때문이다. 거대 자본이 투입된 미디어 스크린에 비치는 여배우나 모델과 비교했을 때보다, 자신의 주변에 있을 것 같은 또래 친구들의 이미지와 자신을 비교하는 것이 신체 이미지를 부정적으로 보는 데 더 강력한 영향을 끼친다는 것이다.*

'나도 코를 좀 높이고 가슴을 더 크게 만들면 저들만큼 많은

* 오현숙, "소셜 미디어가 여대생의 신체 이미지 형성에 미치는 영향: 페이스북의 소셜 그루밍(social grooming) 활동을 중심으로", 『광고연구』, 2017년 겨울 115호.

팔로워를 거느릴 수 있게 될까?' '인플루언서가 되면 각종 PPL 협찬—인스타그램 인플루언서들이 스폰서 게시물에 대해 최대 10만 달러(약 1억 원)까지 받는다고 밝혀져 화제가 됐었다—을 받으며 편하게 돈을 벌 수 있을까?' 'SNS에서 유명세를 타면 친구들 사이에서 더 인정받지 않을까?'

엄지손가락으로 스크롤을 휙 밑으로 내릴 때마다 기다렸다는 듯 튀어나오는 화려한 이미지는 팔로워들에게 부러움과 자괴감을 준다. 그리고 '나도 어딜 더 손보면…'이라는 조급함이 뒤섞인 감정이 스멀스멀 피어오르게 만든다.

단 몇 초 만에 수십 장의 이미지를 소비하는 우리가 사진 뒤에 감춰져 있는 생략된 과정과 함정들을 헤아리기는 힘들다. 새로운 게시물들이 그 잠시의 틈을 허락하지 않고 쏟아져 나오기 때문이다. 우리는 의도적으로 노력하지 않는 한, 매복된 함정을 미리 파악하고 피해갈 도리가 없다. 사진 보정용 어플리케이션이 지우는 것은 마이크로 인플루언서의 뾰루지뿐만이 아니라는 것을 파악하기 어렵다는 뜻이다.

피부세포 속 조명을 켜준다며 마법 같은 미백 효과를 강조하는 나이트 크림 광고에서 '정체불명의 발암물질이 포함되어 있을 수 있다'는 사실은 보정 어플의 '잡티 제거 기능'처럼 말끔하게 지워져 있다.

피부과의 각종 필링 시술은 피부막을 얇게 만들기 때문에 염증과 자외선 화상을 유발할 수 있다. 이런 경고문을 피부에 물광이 차르르 흐르는 모델의 얼빡샷에서는 볼 수 없다. 온몸 구석구석에 꽂아 넣는 실리콘 주사 바늘이 까딱하다가는 실명을 비롯한 각종 부작용을 유발한다는 사실도 메이크업 어플의 파운데이션 기능으로 가려진다.

지방 흡입을 위시해 각종 뼈를 깎아내는 수술을 받다가 수술대에서 죽어가거나 부작용으로 일상적인 사회생활이 불가능하게 된 사람들의 이야기는 곱게 분식(粉飾) 되어 절대 인스타 피드 위로 노출되지 않는다.

여기서 탄식하기엔 아직 이르다. 소셜 미디어의 직격탄을 '직빵'으로 맞는 것은 20대 이상의 성인들이 아니니까.

| 88%의 여중·여고생이 뷰튜버 채널을 구독하는 이유 |

만약 지금 당신이 책을 읽던 것을 잠시 멈추고 유튜브 검색창에 '초딩 화장(초등학생 화장)'이라는 키워드를 검색한다면, 대략 몇 건 정도의 동영상이 피드 창에 나타나리라 예상하는가?

100개? 200개? 500개?

당신은 검색 버튼을 누르고 0.1초도 지나지 않아 약 3천여 건의 영상들이 일렬종대로 시뻘건 피드 창에 좌르륵 늘어서는 것을 보게 될 것이다. 영상들은 대부분 초등학생이 자신의 얼굴에 화장품을 바르면서 또래 친구들에게 어떻게 '화장을 해야 할지' 알려주는 튜토리얼이거나 성인들이 초등학생을 앉혀 놓고 메이크업 강좌를 해주는 생정(생생정보)들로 이루어져 있었다.

어릴 때부터 유모차 위에 올려놓은 엄마 폰을 통해 헤이지니 같은 키즈 유튜버들의 '공주님 메이크업' 영상을 보며 자라난 세대, 그리고 성인이 되어 어느 정도 사리 분별력이 생긴 다음 SNS 속 자극적인 콘텐츠를 접하게 된 이들 중 직격탄을 맞을 쪽은 어디일까?

이제 왜 여중 · 여고생의 88%가 화장을 하는지 감이 잡힐 것이다. 영영 세대는 더 이상 책 속 주인공에게서, 공영 방송 속 연예인들의 모습에서만 영향을 받지 않는다. 초등학생들은 뷰튜버(뷰티 유튜버)들을 통해, 청소년들은 페북 스타를 통해, 20대들은 인스타 인플루언서를 통해 '여성성'을 학습하고 자신의 롤 모델을 구축하는 시대가 도래한 것이다.

| 절박함으로 지갑을 열다 |

전문기관 통계에 따르면 2017년 세계 뷰티 시장 규모는 2,650억 달러, 한화로는 약 300조 원에 육박한다. 그중 한국 뷰티 시장은 125억 6천만 달러로 한화 14조 2천억 원 규모를 달성하며 세계 9위에 랭크되었다. 타 국가들과 비교했을 때 인구수 대비 가장 괄목할 만한 수치를 달성했다고 볼 수 있다.*

이 많은 소비를 20대 이상의 여성 인구가 모두 이루어 냈을까? 놀랍게도 이 중 3,000억 원에 해당하는 소비는 10대로부터 발생했다.**

현대 사회의 여성 소비 조장은 공영 방송이나 영화 같은 대형 매스미디어 플랫폼을 넘어서 SNS를 위시한 다양한 플랫폼에서 마이크로 인플루언서를 통해 제작 및 유통되고 있는 실정이다. 그들이 유해한 이유는 자본주의 시장의 여성을 겨냥한 악질적인 마케팅 전략을 그대로 답습해 재생산하고 있기 때문이

---

* 한국보건산업진흥원. "2017년 화장품산업 분석 보고서: 세계 화장품산업 동향", 2018. 3. 23.

** 변희원. "민낯이 학생답다고? 예뻐야 왕따도 안 당해요", 『조선일보』, 2016. 6. 20. http://news.chosun.com/site/data/html_dir/2016/06/20/2016062000001.html?Dep0=twitter&d=2016062000001

다. 그 마케팅의 이름은 바로 여성의 '자기부정 및 자기혐오 조장'이다. 청소년에게는 성인 여성처럼 보이게 하는 화장과 옷을 입힌 모습을 이상적인 '인싸(무리에서 적극적으로 어울리는 사람)'의 모습으로 노출시키고, 2030대 여성 구독자를 겨냥한 채널에선 '요즘 것들(10대)'처럼 보이는 것이 이상적인 여성상인 것처럼 콘텐츠를 생산하며 '동안 메이크업'을 위시한 '동안 데일리룩' 클립들을 쏟아 내고 있는 것이다.

미취학 아동과 소녀들에게는 본인의 유년기를 부정하라 가르치고, 20대 여성들에게는 20살부터 '피부 노화'가 진행된다며 눈가 및 각종 부위의 주름을 관리하는 안티 에이징 '특효약'을 판매한다. 30대 이상의 여성들에게는 '당신의 소녀 시절, 당신의 20대로 돌아가라'며 자연스러운 노화 현상을 부정하라는 메시지를 보낸다. 때문에 미성년자들은 성적으로 접근 가능한 '성인 여성'처럼 보이기 위해 뷰튜버를 따라 화장품을 사고, 젊은 여성들은 노화를 미연에 방지하기 위해, 혹은 '소녀 같은' 느낌을 주기 위해 각종 시술 및 뷰티 시장에 돈을 가져다 바친다. 황혼을 넘긴 여성들은 지푸라기라도 잡는 심정으로 '한 살이라도 더 어려 보이기 위해' 돈을 투자한다.

과장된 서술인 것 같다고 느껴진다면 당장 스마트폰에 다운 로드 되어있는 SNS 애플리케이션을 아무거나 실행시켜보라. 그리고 피드의 스크롤을 내리며 가슴이 빈약한 여성이 당당하게 비키니를 입고 활짝 웃고 있는 사진이 있는지 찾아보자. 여드름 자국과 움푹 패인 상처를 그대로 드러낸 사진을 자신의 타임라인에 올린 사람이 있는지. 티셔츠 밖으로 삐져나온 살이 자랑스럽다는 듯 하트를 뿅뿅 붙여 놓은 이는 몇이나 되는지 헤아려보라.

한 15분 정도 열심히 인스타그램을 돌아다닌 다음 모든 애플리케이션을 종료하고 거울 앞으로 다가가 반사된 자신의 모습을 들여다볼 때 어떤 생각이 제일 먼저 비집고 올라오는지도 관찰해보라. 단언컨대, 당신의 온몸이 여기저기 덧대고 손을 보고 수정해야 할 공사판처럼 보이기 시작할 테니까.

◦ 가지가지에 가지를 치는 법 ◦

| XY의 가지가지 |

영문과 A는 매일 자신의 얼굴 크기만 한 손거울을 꼭 챙겨 다녔다. 시간이 날 때마다 자신의 외모를 체크하기 위함이었다. 혹여나 파우치에 거울을 들고 나오지 않을까봐 그녀의 스마트폰 케이스는 '미러 케이스'였다. 가장자리에 촘촘히 박혀있는 블링블링한 큐빅은 옵션이다. 클래스 메이트라고는 여자밖에 없는 여대이고, 수업이 끝나고 딱히 특별한 곳을 가는 것도 아니었지만, A는 부지런하게 자신의 머리를 매만지고, 립스틱이 치아에 묻진 않았나, 입가에 '요플레 자국'—틴트를 바르고 일정 시간이 경과하면 입술 안쪽 테두리에 하얀 요플레같은 자국이 생기는 현상—이 없나 검사했다.

그녀가 자신의 외모를 강박적으로 검열하게 된 배경을 들은 건 시간이 흘러 우리가 좀 더 친해지게 된 후였다. 학창 시절 내내 통통한 체형과 돌출된 입 때문에 스트레스 받았던 그녀는 대학 진학과 동시에 거액을 들여 치아 교정을 비롯한 크고 작은 시술들을 받게 되었고, 다행히 큰 부작용 없이 결과가 만족스러워 지인들에게 열광적인 피드백을 받았다. 평소에 연락이 뜸하던 남사친들도 그녀의 달라진 프사를 보고 '잘 지내냐'며 연락이 수두룩하게 왔고, 각종 SNS 팔로워 수가 급격히 늘어나는 효과를 본 것이다. 이와 같은 경험을 통해 사람들과 우호적인 관계를 맺기 위해서는 '외적인 요소'가 가장 중요하다는 믿음을 가지게 되었다.

그러던 어느 날이었다. 공강 시간에 캠퍼스를 함께 거닐며 대화를 나누던 그녀가 갑자기 휴대폰의 갤러리를 열더니 내 앞으로 불쑥 내밀었다. "네가 보기에도 얘가 나랑 닮은 거 같아?" 스마트폰 화면을 가득 메우고 있는 캐릭터는 잠깐 스치듯 보아도 여성의 이목구비를 희화화하여 그린 캐리커처였다.

"요새 커뮤니티마다 돌아다니는 짤인데 어제 만났던 동아리 B 오빠가 나보고 이거 닮았다고 놀리는 거야. 그 앞에서는 너무 당황스러워서 제대로 대꾸도 못했는데 집에 와서 펑펑 울었어…. 나 그렇게 성괴(성형 괴물)처럼 보여…?"

"뭐? 성괴라고?" A의 손에서 스마트폰을 빼앗아 웹툰을 쭉 내리며 읽어보니 역시나 예상했던 대로 '얼굴에 칼을 댄' 여자들을 조롱하는 내용을 담고 있었다. 잠시 아무 말 없이 참담한 심정으로 휴대폰 액정을 들여다보고 있는 내 분위기를 읽었는지 A의 눈가가 붉어지기 시작했다.

"예쁘지 않은 여자는 여자가 아니라고 자기들끼리 떠들 때는 언제고, 그 기준에 맞춰보려고 시간, 돈, 건강까지 다 걸어가면서 얼굴에 손대니까 이젠 성괴라고 하고…. 그러다가 선풍기 아줌마처럼 되겠다고 욕하면 도대체 나보고 어쩌라는 건지….”

어찌 그녀의 억하심정이 공감되지 않으리오. 나뿐만 아니라 지구상에 여자로 태어난 이들은 모두 크고 작게 공감할 것이다.

다이어트를 하고, 피부과에 다니고, 저렴이 로드 숍 화장품부터 고가의 백화점 코스메틱 상품들을 사 모으고, 뷰튜버의 스트리밍을 보며 ‘헬스장 메이크업’이나 ‘남자친구가 갑자기 집 앞에 왔을 때 유용한 쌩얼 메이크업’등 TPO에 맞는 화장법을 공부한다. 미용실에 가서 몇십만 원씩 들여가며 펌과 트리트먼트를 받고, 네일숍에서 적게는 몇십만 원에서 많게는 백만 원이 넘는 가격의 정액권을 끊어 놓고 2~3주마다 방문하여 손톱과 발톱 관리를 받는다. 심지어 발뒤꿈치와 팔꿈치 각질까지 관리해야 했던 대한민국 여성들이 아닌가. 겨드랑이 제모는 기본이고 ‘베이스 화장이 잘 먹는다’며 얼굴 전체의 잔털을 없앤다. ‘아이처럼 매끈한 피부’를 노출하기 위해 온몸의 털을 왁싱 숍에서 제거한다. 남자친구가 성관계할 때 좋아한다며 억지로 브라질리언 왁싱(음모를 하나도 남기지 않고 제거하는 것)을 하는 여자들도 있다.

이뿐인가? 각종 시술과 수술은 기본 옵션이다. 남녀 근로자의 시간당 임금 격차가 30.7%로 OECD 국가 중 가장 큰 나라이다. 남자보다 적은 임금으로 돈 · 에너지 · 시간을 '뼈를 깎는 고통'에 쏟아 붓는 삶을 살고 있는 것이다.

머리끝부터 발끝까지 관리해야 할 것 투성이인 '이상적인 여성'의 조건을 만들어 놓고, '왜 여자들은 멍청하게 제 겉모습 치장하는 데만 돈을 쓰냐'라며 비웃는 남자들. '세상에 아름답지 않은 여자는 없다. 게으른 여자만 있을 뿐'이라고 떠벌릴 땐 언제고, 정작 절박하게 돈과 에너지와 시간을 쏟아 '예뻐지려 노력하는 여성들'을 보면서 한심하다며 조롱하고 있는 것이다.

I 넌 허리가 몇이니? 힙은? I

- 넌 허리가 몇이니?

- 24요.

- 힙은?

- 34요.

(…)

허리는 너무 가는데 힙이 커 맞는 바지를 찾기 너무 힘들어 oh Yeah

앞에서 바라보면 너무 착한데 뒤에서 바라보면 미치겠어 oh Yeah

- 박진영, '어머님이 누구니'

니 앞에 서면 비욘세 엉덩이도 납작해
택시 기사처럼 넌 쭉쭉 가고 빵빵해
목폴라를 입어도 태 나오는 몸매
쭉빵에 코피 터져 허리선이 펀치라인
(…)
피부는 미운 네 살
말투마저 귀여운 부산
부모님 한국분 맞어? 골반이 수입산

– 박재범, '몸매'

여성들은 길거리 또는 클럽에서 우연히 마주칠 남성의 시각적 기호를 만족시키기 위해 마치 코르셋이라도 조인 양 허리선이 펀치라인처럼 들어가 있고, 엉덩이는 비욘세 못지않게 풍만한 34인치를 유지해야 한다. 목폴라를 입어도 태가 나는 몸매가 되도록 가슴은 빵빵해야 하며, 다리는 쭉쭉 뻗고 피부와 말투는 네 살 아이처럼 매끄러워야 한단다. 한 마디로, 성숙한 성인의 몸을 가졌으나 행동은 아이처럼 귀여운 여자가 이상형이라며 가사로 풀어내고 있는 것이다. 여기서 "뜨거운 아이스 아메리카노"나 "팥빙수 부탁해요! 아, 팥은 빼고요", "시원한 얼음 좀 동동 띄워서 줘. 녹지 않는 걸로"라는 말이 떠오르는 것은 다분히 개인적인 감상인 걸까?

문득 여자 래퍼나 아티스트가 비슷한 맥락에 객체만 바꿔서 가사를 썼다면 세간의 반응이 어땠을지 궁금해진다. 저 노래들이 한창 유행일 때 클럽이나 길거리에서 주야장천 흘러나왔었는데, 과연 아래 가사로 노래가 나왔어도 그럴 수 있었을까? 공중파 방송이나 케이블 방송 무대에 설 수나 있었을까? 남자 연습생들이 저 노래로 커버 댄스(Cover dance) 영상을 찍어서 유튜브에 올리는 게 가능했을까?

한국 유명 아티스트들에게 INSPIRATION을 받아, 나도 써본다. 가사. 자, 비트 주세요! DROP THE BEAT!! 둠둠, 칫, 타! 둠둠, 칫, 타!

- 넌 키가 몇이니?

- 188요.

- 어깨 너비는?

- 55요.

(…)

니 앞에 서면 크리스 햄스워스의 가슴도 납작해

토르의 망치처럼 너는 묵직하고 단단해

니트를 입어도 숨기지 못하는 떡대
울끈불끈에 코피 터져 삼각근이 펀치라인

피부는 미운 네 살
영어 악센트는 스윗한 영국식
부모님 한국분 맞아? 아랫도리가 수입산

– 작자미상, '아버님이 누구시니? 네 MOMMAE는 MADE IN USA 같은 걸'

| XX의 가지치기 |

이 세계가 하나의 작은 레스토랑이라고 가정해보자. 여성들은 서버, 남성들은 손님 역할이다. 멋지게 보타이도 매고 포마드로 광나게 머리를 매만진 신사 분들이 식사를 위해 식당으로 차례차례 입장하기 시작한다. 서버들은 테이블로 손님 숫자에 맞춰 안내하고 빈 물잔에 차가운 물을 따르며 상냥하게 인사한다. 그런 그녀의 모습을 아래위로 훑더니 대뜸 다음과 같은 대사를 툭 던지는 남자 1.

"평소 몸가짐을 조심해야 할 여자가 이렇게 짧은 치마나 입고 말이야…."

"죄송합니다, 손님. 지정 유니폼이어서요. 바지로 갈아입고 올까요?"

"아, 거참 눈을 어디다 둬야 할지 모르겠네. 큼큼. 근데… 지금 커피색 스타킹 신은 거야? 난 여자들이 치마 밑에 스타킹 신는 거 별로던데. 섹시한 맛이 떨어져서."

"죄송합니다, 바지로 갈아입겠습니다."

"아니, 뭐 번거롭게 그렇게 할 필요까지는 없고. 그냥 스타킹만 벗는 게 더 나을 거 같은데?"

(서버 퇴장. 잠시 후, 서버가 스타킹을 벗고 다시 등장한다.)

"환복했습니다."

"어 그래. 훨씬 보기 좋네. 이제 메뉴판 좀 가져와."

서버가 메뉴판을 가지러 카운터로 간 사이 그녀의 다리를 훑는 남자 1과 남자 2는 그녀의 뒤통수에 대고 이런 말을 뇌까린다.

"요새는 도대체 어디가 룸살롱인지 길거린지 구분이 안 간다니까. 다들 똑같이 홀복을 입고 돌아다니니 이거 원…. 아, 아가씨! 우선 뜨거운 아이스 아메리카노 두 잔 부탁해!"

과장된 예시라고 생각된다면 다시 한 번 곰곰이 생각해보라. 팔다리는 세게 쥐면 부러질 것처럼 얇아야 하지만 가슴과 엉덩이는 풍만해야 하고, 몸무게가 40kg대인데 가슴이 C컵이 넘어가는 것이 자연스러운 인간의 몸이라고 생각되는가? 얼굴은 현대 미의 기준에 가까울수록 미인이지만 또 너무 지나치게 칼을 대면 성괴, 인조인간 같아서 싫단다. 가슴은 클수록 좋은데 지네 좋아 보이라고 실리콘 넣은 의젖(의사가 만든 가슴)은 또 이물감이 느껴져서 보기엔 좋아도 잠자리에선 '확' 깬다고.

복스럽게 밥 팍팍 퍼먹는 여자는 사랑스럽지만 다이어트 때문에 젓가락으로 밥을 깨작거리는 여자는 꼴 보기 싫다 할 땐 언제고, 뚱뚱도 아니고 통통한 여자들을 보면서 자기 관리도 제대로 못하는 게으른 여자라며 빈정거린다. 얼굴만 예쁘면 고시 3관왕 패스나 마찬가지라고 오만 휘황찬란한 팻말은 다 달아주더니, 정작 외모를 가꾸느라 정치 · 경제 및 기타 사회적 이슈에 관심을 가질 여유가 없었던 여자를 보고는 대가리는 텅텅 빈 '머가리 꽃밭'이란다.

대외적으로 가시적인 성과를 내고 있는 커리어 우먼을 보며 요새는 여자가 남자보다 더 경쟁력 있다며 열심히 일하라 부추기더니, 막상 야근하는 동료 보고는 "아니 이렇게 직장에만 매여 있으면 집에 있는 애는 누가 돌봐? 남의 손에 크는 애가 정서적으로 안정되겠어?"라고 묻는다.

신붓감으로는 마치 조선시대 유교사상의 맥과 전통을 계승하는 것—바깥사람인 남편 기 세워주기, 각종 시댁 잡무 위임하기, 독박 육아 · 독박 가사 · 대리 효도하기, 조신하게 집안일 잘하기 등등—처럼 보이는 보수적인 사고방식을 가지고 있는 여성을 원하면서, 경제적으로는 '자주적이고 독립적인' 21세기형 여성이 되라며 '남자처럼 돈 잘 벌어오는' 맞벌이를 요구한다.

타인(남성)에 의해 기준이 세워졌기에 절대 완벽하게 충족될 수 없을 '예쁜' 얼굴. 기형적인 조건으로 구성되어 있는 '육감적인' 몸매. 사회적으로도 성공한 커리어 우먼이 되어야 하면서 동시에 '아내'이자 '엄마'로서 사적 영역의 테스크도 전적으로 책임져야 하는 워킹맘의 하중. 자신의 의견을 거침없이 전개 시킬 수 있을 정도의 머가리(대가리)를 가져서 남성들의 꽃밭 테스트 정도는 너끈히 통과할 수 있어야 하지만 동시에 그들의 기분을 상하지 않게 할 가부장제 부역자 마인드를 탑재해야 하는 아이러니.

이렇듯 남성 사회가 우리들에게 이상적이라고 제시하는 여성상은 지극히 모순적이다. 결코 동시에 달성할 수 없는 불합리한 요구들 사이에서 딜레마에 갇혀 자책하며 괴로워하게 되는 것은 순전히 여성들의 몫으로만 남겨질 뿐이다. 불합리한 구조가 낳은 좌절감과 혼돈을, 외로움이라는 다분히 '여성적인' 멜랑콜리—감정적 · 감상적—에 불과한 칭얼거림이자 투정처럼 취급받으면서 말이다.

| 외로움의 맨 얼굴 |

지금까지 얼마나 많은 여성들이 '외로워서' 누군가에게 기대고, 의지하고 싶은 마음에 연애를 시작했던가. '내가 몸담고 있는 이 사회가 원체 이런 식으로 생겨 먹은 탓이다'라며 구조적 문제라고 낙담하는 것보다는 '내가 아직 좋은 남자를 못 만나서 그렇다'며 다분히 개인적인 퍼포먼스의 문제로 치환하여 생각하는 쪽이 훨씬 더 극복하기 쉽게 느껴졌기 때문이리라. 무엇보다 젠더 차별 때문에 좌절감에 사로잡혀 있던 여성에게 사회가 던져준 해결책이 로맨스 서사—당신이 괴로운 건 제대로 된 사랑을 받지 못해서 그렇답니다—를 통한 구원뿐이었기 때문이기도 하다. 이는 곧 '너의 괴로움=외로움'이라는 가짜 수식을 완성시켰다.

오스트리아 출신의 역사학자 거다 러너는 『가부장제의 창조』에서 가부장제 속 "남성 가장들은 무력으로 경제권 독점을 독점하고, 여성을 사유재산 취급하기 위해 '존중받을 만한 여성'과 '존중받지 못할 여성'—한 남성에게 귀속되지 않거나 혹은 모든 남성에게 제공되는 여자=선택받지 못한 여성 또는 창녀—으로 나누는 인위적 구분 짓기를 도입했고, 그들을 가부장제의 노역자이자 부역자의 역할로만 세뇌해왔다"고 주장했다. 이렇게 성별에 따른 위계 관계가 명확한 역사적 배경 속에서, 남성이 전유한 생산수단 및 물질적 자원에 여성이 접근할 수 있는 선택지는 단 한 가지뿐이었다. 가부장과 '협력적인' 유대 관계를 맺는 일, 즉 남성에게 존중받고 사랑받는 존재가 되어 한 가정의 안사람 혹은 첩실이 되거나 또는 사회적인 지위가 있는 가부장과 혈연관계로 맺어지는 방법 밖에 없었다는 얘기다.

어쩌면 여성들이 오랜 세월 '좋은 남성과 연결'되고자 하는 고질적인 강박에 시달려야 했던 이유는 자주권, 주체성의 상실에서 비롯된 것일지도 모른다. 여기서 좋은 남성이란 여성이 사회 속에서 겪어야 하는 경제적, 신체적 위협들로부터 버팀목이 되어줄 '가장의 조건을 갖춘 이'를 지칭한다. 때문에 좋은 남성과 연결되는 데 고배를 마셨던 여성들은 단순한 감정적 상처가 아니라 생명의 위협을 느껴야 했다. 간택에서 탈락한다는 것은 곧 경제적 이익을 창출하는 생산 수단에 접근할 수 있는 유일한 수단을 차단당하는 것과 마찬가지였기 때문이다.

'사회적 열외'라는 두려움에서 비롯된 감정에 선조들이 붙였던 이름은 외로움이었을 것이다. 어쩌면 이것은 심리적 공허, 감정적 허기라고 부르는 게 더 정확할 것이다. 자신의 힘으로는 이룰 수 없는 자아실현, 자신의 손으로는 쌓을 수 없는 탑, 완성할 수 없는 그림… 그것은 외로움이 아니라 박탈감, 좌절감이니까.

| 남자가 준 각본 수정하기 |

이제 더 이상 가부장제 정치에 놀아나서는 안 된다. 여성의 감정적 허기를 극복하는 방법이 '사랑받는 여성'이 되어 그들의 구도 속에 안착하는 것이라는 선전에 더 이상 속지 말자.

현대 여성들이 느끼는 외로움의 감정들 중에서 남성에게, 가부장에 의존코자 하는 마음을 돌볼 수 있는 방법은 '더 예쁘고', '사랑스러운' 여성이 되어 그들의 성은을 입는 것이 아니다. 4천 년 전부터 여성에게 씌워져 있던 모순적인 역할을 깨닫고 그로부터 탈피하는 것, 자아실현의 꿈을 남에게 의탁하지 않는 것, 자신의 경력에 부합하는 지위와 권력을 성취할 수 없게 투명한 유리창으로 가로막은 사회의 부조리에 대항하는 목소리를 내는 것, 자신을 비롯한 다른 여성들을 대상화하고 타자화하지 않는 것이다.

경각심을 가지고 '남자 주인공' 없이는 완성될 수 없도록 세팅되어 있는 우리 인생의 각본과 무대를 뜯어 고쳐야 한다. 메가폰을 잡고 캐스팅과 역할 분배를 전담하던 가부장들에게 찾아가, '내 인생의 무대에서 꺼져 달라'며 저당 잡혀 있는 감독권을 반환 요청해야 한다. 각본 · 무대 · 연출 감독 · 캐스팅 등 모든 영역에서 통제권을 찬탈해야 한다. 언제까지 가부장들에게 '잘 보여' 좋은 역할을 따내겠다는 주변인 역할을 자처할 것인가?

우리의 후배, 자녀가 '주인공' 배역을 따내기 위해, 혹은 제대로 된 '남자 주인공'을 얻기 위해, 감독 타이틀을 쥐고 있는 가부장들에게 몸과 영혼을 가져다 바치고 유린당하는 일에 브레이크를 걸기 위해, 이제라도 그들을 막기 위해, 오늘 바로 지금 이 순간 우리가 적극적으로 팔을 걷어붙이고 각본 수정에 임해야 하는 것이다.

Ⅲ.

아버지와 오빠에게 빚진 허락

◦ 아빠가 인정한 여자 ◦

어쩌면 지금 세상에서는 전면전이 벌어지고 있는지도 모른다. 성의 전쟁이 아니라 성 역할의 전쟁이다. (…) 여성들에게 여성의 정체성이 무엇인지, 여성이 갈망해도 좋은 역할이 무엇인지, 갈망해선 안 되는 역할이 무엇인지 알려주는 기사들이다.

–레베카 솔닛, 『남자들은 자꾸 나를 가르치려 든다』

| 진짜 여자 |

모두에게 사랑받는 존재가 되어야 한다는 강박관념 비스름한 생각에 '왜?'라는 의문을 가진 적은 없었다. 주위를 둘러보면 모두 미래에 더 많은 사랑을 받기 위해서 또는 과거에 잃어버린 사랑을 되찾아 오기 위해 현재를 갈아 넣고 있었으니까.

학창 시절에는 가족들의 사랑을 원했다. 혈연관계의 내리사랑도 어떤 면에서는 조건부적일 수 있기 때문에. 나는 자랑스러운 딸이 되고자 도화지에 열심히 그림을 그렸고, 반장 선거 때마다 꼬박꼬박 출사표를 던졌으며, 좋은 성적을 받기 위해 공부에 매진했다. 가족들의 기대에 부응할 때면 정말 더 나은 사람이 되는 것처럼 느껴졌다.

대학생이 되고 나서는 많은 남자의 관심과 사랑을 받고 싶었다. '남자는 시각적인 동물'이라며 자신들을 여성의 심판자로 명명한 이들에게 '예쁘고 매력적인' 대상으로 비춰지고자 시간과 에너지, 그리고 돈을 아낌없이 쏟아부었다. 아르바이트를 하고 용돈을 모아 화장품을 샀고, 피부과에 다니고, 미용실에 갔다. 각종 다이어트 및 미용 정보가 올라오는 커뮤니티에서 이성에게 먹히는 애교스러운 제스처 및 스타일 팁을 공들여 탐독했다. 옷을 고를 때의 기준은 기능이 아니라 얼마나 몸에 타이트하게 '핏'이 되느냐였다.

친구들은 이를 두고 진짜 여자가 되어가는 과정이라고 했다. 곱씹을수록 이상한 말이었다. 우리는 XX 염색체에 여성기를 가진 생물학적 여성으로 태어났지만 특정 조건들—나이, 외모, 몸매, 스타일—을 충족하지 못하는 이상 진짜 여자는 될 수 없다는 뜻인가? 그럼 뭐야, 반인반수처럼 반녀반남이란 중간계 종족이라도 있는 건가? 꾸미지 않는 딸에게 "너는 여자애가 선머슴같이 하고 다니냐"고 핀잔 아닌 핀잔을 주던 어른들의 한소리가 함축하고 있던 게 바로 이런 경고였던 것일까?

만약 일반 남성들이 속눈썹 연장을 하고, 동공 확장 컬러렌즈를 끼고, 볼에는 발그레한 블러셔를 바르고, 입술을 장밋빛 틴트로 적시며, 섹시한 브라와 팬티를 입고 허리춤까지 머리를 기른 뒤 미니스커트에 하이힐을 신는다면, 그래서 일반 여성들보다 더 예쁘게 잘 꾸미기 시작한다면 그들은 '선머슴'처럼 보이는 생물학적 여성들보다 더 순도 높은 진짜 여자가 되는 것일까?

의문은 꼬리에 꼬리를 물고 지속되었지만 화장을 고치기 위해 펼친 쿠션 팩트의 뚜껑을 닫을 순 없었다. 집 근처 가까운 편의점을 갈 때도 내가 반녀반남 중간계 종족이 아닌, 순도 100퍼센트의 '여성스러운' 여자族이라는 걸 증명이라도 하듯 말이다.

| 네가 진짜로 원하는 게 뭐야 |

신입사원이 된 후에는 상사들의 예쁨을 받는 부하 직원, 선배들의 관심과 사랑을 받는 후배가 되고 싶었다. 수직적인 질서를 기반으로 한 군대 문화(Ex. 똥군기)가 어색하고 낯설었지만 선배들의 조언처럼 최대한 '여자짓'과 '여우짓'을 지양하며 조직원들의 눈 밖에 나지 않고 누구보다 잘 적응하여 살아남으리라 다짐했었다. 하지만 시간이 지날수록 회사라는 사회조직 속에서 '여자 직원'에게 기대하는 역할 상의 모순이 하나둘 살갗으로 적나라하게 느껴지지 시작했다.

"너는 여자애가 싹싹한 맛이 없냐."

"막내는 상사들한테 여우짓을 좀 할 줄 알아야 더 사랑받는 거야."

"네가 할 일 다 끝났다고 먼저 퇴근하게? 옆 팀에 네 입사동기(장교 출신) 좀 봐라. 걔는 절대 팀장님 퇴근하기 전엔 먼저 간다는 말을 입 밖에도 안 꺼내. 여자애들은 이게 문제야. 군대를 안 다녀와서 조직 생활이 뭔지 아예 감을 못 잡는다니까? 이래서 여자들도 군입대 의무화 시켜야 돼. 조직 생활 좀 미리 배우게."

아니 그래서 원하는 게 도대체 뭔데? 당신들이 원하는 '여자'처럼 행동하며 비위 맞춰 달라는 거야, 아니면 장교처럼 '까라면 까'는 태도로 일만 하기를 원하는 거야? 남동기들한테는 알랑방귀 뀌는 짓 하라고 안하면서 우리한테는 한 번에 두 가지씩 동시에 요구하는 이유가 뭔데? 인간적으로 한 번에 한 가지씩만 합시다, 이 노답 마초 꼰대 새끼들아.

비슷한 에피소드를 나열하자면 사실 끝도 없다. 공채 여자사원들은 '경리처럼 보이지 않기 위해' 정숙한 이미지로 품위를 유지해야 했다. 퇴근 후에 특별한 약속이 있어 색조 화장에 공을 들여온 동기에게 타부서 차장이 "화장 좀 연하게 하고 다녀라. 네가 일개 경리야?"라고 내뱉던 대사는 중학교 때 목격했던 에피소드를 생각나게 했다. 중간고사 전 자율학습 시간에 치렁 치렁 흘러내리는 머리를 고정하고자 돌돌 말아 펜으로 꽂고 있던 친구를 본 남자 체육 선생이 '머리에 비녀는 왜 꼽고 돌아다녀? 니가 기생이야?'라고 교실이 떠나가라 고래고래 소리치던 모습이 떠오른 것이다.

쌩얼은 매너가 아니다. 그렇다고 과한 메이크업으로 고졸 혹은 전문대졸 경리처럼 보이게 하지 않아야 하며, 힐은 신되 너무 화려한 색감이나 굽이 지나치게 높지 않은 걸 신어야 한다. 볼드한 액세서리는 정숙한 이미지를 해할 수 있기 때문에 지양하고, 네일 관리는 받을 수 있지만 비비드한 원색이나 자극적인 문양은 피한다. 염색은 톤이 너무 밝지 않게, 펌을 해도 너무 구불거리지 않게… 그놈의 너무너무너무너무!

남성 사원에게 권장되는 사내 복장 규율이 없는 것은 아니었다. 그러나 누구도 남자 동기에게 밤일하는 호스트바 제비처럼 보이지 않는 '정숙한 남직원 복장 에티켓'을 운운하며 오지랖을 떨지는 않았다. 남자들은 각자 알아서 잘하고 오기 때문일까?

정답은 '외모 치장에 여자만큼 지대하게 관심을 가질 필요가 없어서'이다. 여성들은 본인의 사회적 위치가 어떻던 외모가 정체성과 가치를 결정하고 규정짓는 사회 속에 살고 있으니까. 잘 생각해 보라. 박지성의 기사에는 그의 축구 실력에 대한 코멘트가 달리지 '피부 관리해서 장가가야지'라는 말을 붙이지 않는다. 하지만 세계 최초로 여자 역도 그랜드슬램을 달성한 장미란 선수의 기사에는 '언제 살 빼서 언제 결혼할 거냐'라는 댓글이 달리는 사회가 아니던가.

전날 늦게까지 술을 마시다가 어제와 똑같은 같은 옷차림으로 출근한 남직원보다, 새벽에 라면이라도 끓여 먹고 잔 것처럼 얼굴이 퉁퉁 부은 여직원이 맨 얼굴로 출근했을 때 더 많은 지적과 꼽을 받는다. 새로운 기수의 여사원들이 부서로 배치되면 대리급 이상의 남자 사원들이 모여 재미 삼아 외모 순으로 차례를 세우며 별명을 붙여준다. 입술을 안 바른 날에는 "어디 아파? 생기가 없어 보이네." 눈썹을 그리지 않고 출근한 날에는 "눈썹 어디다가 놓고 왔어?", 피곤해서 안경을 착용한 날이면 "웬 안경? 안 쓴 게 훨씬 예쁜데~", 이밖에도 "너 요새 좀 살찐 것 같다?", "연애해? 부쩍 외모에 물오르네." 등과 같이 여자 직원들의 외모와 옷차림이 아침의 화젯거리로 오른다. 여자 직원은 어쩔 수 없이 남자 직원보다 더 높은 비율로 자신의 외모에 수많은 공과 정성을 들여야 한다.

뜨거운 아이스 아메리카노. 몸은 성인인데 피부와 말투는

4~5살짜리 여자아이를 이상적인 연애 상대로 원하는 남성들의 뒤틀린 모순적 요구 사항은 형태만 아주 교묘하게 바꾸어 일터에서도 그대로 답습되고 있었다. '진정한 커리어 우먼이라면, 이상적인 여성성을 유지하면서 업무적인 성과도 동시에 내야 하는 법'이라며 현대 여성들을 이중, 삼중의 지독한 딜레마에 휩싸이게 만드는 것이다.

ㅣ 타인의 긍정적 시그널을 구걸하는 삶 ㅣ

어린 시절에는 아버지로 대표되는 가족의 인정, 사춘기부터 성인 시절까지는 또래 이성 집단의 관심, 사회인이 되고 나서는 남성을 중심으로 재편된 사회 조직 속에서 칭찬받고 싶다는 욕구에 이르기까지, 나는 가부장제의 남성 수호자들에게 '내 존재'에 대한 긍정적인 허락과 피드백을 구걸하는 삶을 살아왔다. 스스로의 가치를 주체적으로 매길 수 있는 존재라고 이야기해 주었던 이는 아무도 없었으니까.

예로부터 괜찮은 남자(=권력이 있는 남자, 연장자 남성)란 대궐 안에서 편히 양반다리 하고 앉아 여러 신부 후보들을 모아 놓고 엄중한 심사 후에 여성을 간택하는 롤을 전담하던 사람들이 아니던가. 가부장적인 문화 속에서 여성은 스스로의 가치를 매길 수 있는 자격이 없다. '좋은 여자'로 판명되는 유일한 길은 심사를 맡은 심판자, 즉 남성들이 부여한 '이상적 여성 역할 수행을 얼마나 충실히 이행하고 있는가'이기 때문이다.

좌우지간 얼마나 더 스스로의 영혼과 멘탈을 갈게 부셔야 그들이 겹겹이 씌워 놓은 겹겹의 필터들을 무사히 ALL PASS 할 수 있게 될까. 그것도 사람에 따라, 시기에 따라 주가처럼 수시로 오르락내리락하는 모순으로 뒤범벅된 기준들 사이에서 말이다.

| 희박한 공기 속으로(Into Thin Air) |

엄마와 이모들은 내가 어릴 적부터 '부자가 되어야 한다', '큰 사람이 되어야 한다'라는 말 대신 '똑똑하고 참한 여자가 되어서 좋은 남자(사회적 지위 · 경제적 능력이 있는 남자)를 만나야 한다'고 말씀하셨다. 이외에도 도처에 도사리고 있는 미디어와 대중문화, 광고에서는 24시간 쉬지 않고 '행복한 여자의 삶'에 대해 위와 같이 떠들어대고 있었다.

내가 사춘기 시절부터 겉모습에 기를 쓰고 매달리기 시작한 이유다. 그들의 말처럼 소위 꺾이기 전에 후한 값에 팔려야 했기 때문이다. 마치 '네 수명은 30살 까지'라는 시한부 인생을 선고받은 환자처럼 시간에 쫓기는 심정이었다. 프라임 타임(prime time)을 놓치면 행복한 인생과는 영원히 적을 진 채 살아야 할 것 같은 두려움에 휩싸였던 탓이다.

한 인간으로 가질 수 있는 커리어적인 야망과 포부가 애당초 없었던 것은 아니다. 신입사원 시절 인터뷰 당시, 전 계열사에 뿌려지는 사보에 '그룹의 여성 임원'이 되고 싶다는 야망을 내비칠 정도였으니 실질적인 권력에 대한 개념이 아예 없던 것도 아니다. 그때는 몰랐다. 이 야망이 정확히 입사 3개월 만에 맨 시멘트 바닥에 으스러지라고 메다꽂힌 채 산산조각이 날 것이라는 사실을 말이다.

자신보다 입사 기수가 낮은 남대리들이 진급할 때 연달아 고배를 마시고 있는 연차 높은 여자 선배들, 가뭄 타는 논바닥에서 띄엄띄엄 서 있는 듯 보이는 여성 간부들의 머릿수…. 입사한지 1년이 채 되지 않은 시점에서부터 기업 내 여성 임원 자리는 고사하고 과연 연차에 맞게 무사 승진이나 할 수 있겠나 하는 불안감이 스멀스멀 피어올랐다.

• 국제학업성취도평가(PISA) 남녀 격차 - OECD 35개국 기준

- 한국과 OECD 평균 한국은 여학생이 전 영역 앞서고, 수학·과학도 격차 줄어

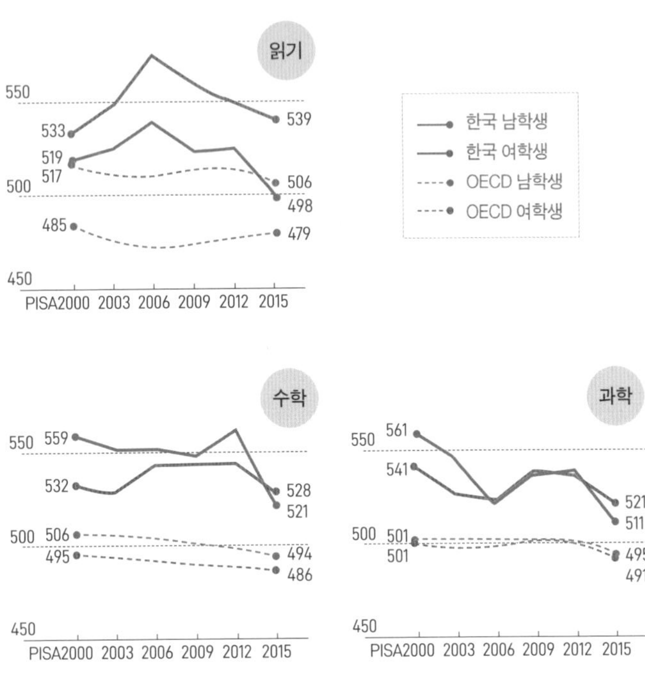

• 수능 과목별 남녀 격차 표준점수 평균

국어	남	여
2011년	98.1	103.1
2015년	98.5	102.6
2018년	98.52	101.52

수학(이과)	남	여
2011년	100.6	99.2
2015년	99.1	99.5
2018년	100.43	99.38

수학(문과)	남	여
2011년	99.9	99.6
2015년	98.7	100.2
2018년	99.78	100.1

영어	남	여
2011년	98.7	101.8
2015년	97.1	100.9
2018년	절대평가 도입으로 제외	

▲ "OECD · 교육부 그래픽, 수학까지 여학생 우세… 전 세계가 '女高男低' 대책 고심", 『조선일보』, 2017. 12. 19.

아니, 도대체 왜? 여자들은 대학교를 졸업하면 다들 머리에 나사가 한두 개씩 빠져 버리기라도 하는 것일까? 멍청하고 무능력하게 퇴화하는 것일까? 지난 학창 시절을 돌이켜 보아도 성적 최상위권 3~5% 안에 포진한 여성의 수가 남학우들에 비해 뒤쳐진 적이 없었는데?

웬걸. 학생 딱지를 떼고 사회인 딱지를 새로 다는 순간 업무 고과 상위 포지션에서 여성의 비율은 『희박한 공기 속으로(Into Thin Air)』—에베레스트에 도전한 네 팀의 등반대에서 12명의 산악인들이 한꺼번에 조난당하여 목숨을 잃은 사고를 그린 존 크라카우어의 베스트셀러—이름처럼 증발했다. 고등학교 사탐 수업 때 사회 · 문화 교과서 안에서만 보던 성별에 따른 고용 및 임금 차별, 그리고 유리천장 얘기는 뜬 구름 잡는 판타지 같은 소리가 아니라는 것을 두 눈으로 똑똑히 목격한 순간이었다.

최근 전문 조사기관의 자료에 따르면, 여성과 남성의 임금 격차는 경력이 쌓이거나 승진을 통해서도 해소되지 않는다고 밝혀졌다. 직급별 여성과 남성의 임금에 대한 분석 결과, 직급 변화에 따른 임금 격차가 U자형을 나타냈기 때문이다. 사원에서 부장까지 직급이 높아질수록 시간당 임금 격차의 간극이 좁아졌다가 다시 벌어지는 형태를 보이고 있었다.*

• 직급별 · 성별 시간당 임금의 평균 차이 및 남성 임금 기준 여성 임금 (임금 격차)*

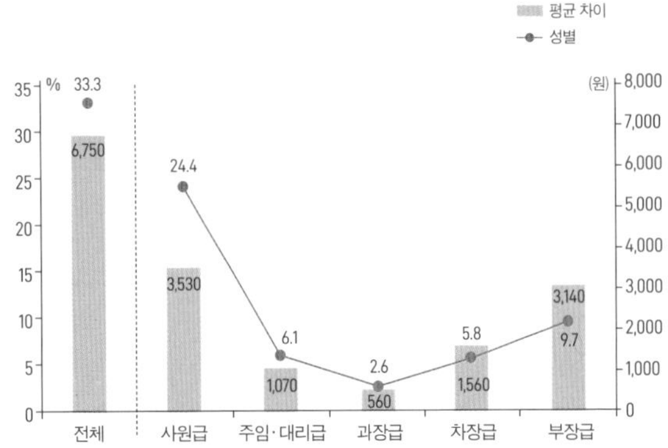

* 한국직업능력개발원. "직급 정보를 활용하여 '차이'와 '차별'로 나누어 본 성별 임금 격차", 150호, 2018.

• **고용노동부 고용 형태별 근로실태 조사**(1인 이상 기준)

* 단위: 천 원, %

		2009	2011	2013	2015	2016	2017
여자	월 급여액	1,422	1,548	1,705	1,781	1,869	1,946
	남성 대비 비율	62.3	63.3	64.0	62.8	64.0	64.7
남자	월 급여액	2,284	2,444	2,664	2,837	2,918	3,010

▲ e-나라지표, "남성 대비 여성 임금 비율", http://www.index.go.kr/potal/main/EachDtlPageDetail.do?idx_cd=2714

그래프에 따르면 여성이 부장급으로 승진하더라도 입사 시점인 사원급에서 겪었던 것과 유사한 수준의 격차가 벌어진다. 이래도 이것이 '차별'이 아니라 업무능력 '차이'라고? 개인의 역량과 직위로도 좁힐 수 없는 임금 간격이 아니던가.

입사 동기들 입에서 '빨리 결혼이나 하고 싶다'는 이야기가 괜히 불거져 나오는 것이 아니었던 셈이다. 매출액 상위 100개 대기업 여성 임원 비율이 고작 3퍼센트인 한국 기업에서 여성이란 그저 '그들의 진짜 알력 싸움에는 끼어들 수 없는' 허울 좋은 깍두기, 직장에서까지 채 10퍼센트가 되지 않는 운에 자신의 커리어를 걸어야 하는 신세라는 것을 모두 두 눈으로 똑똑히 목도했기 때문이다. 남성들만의 알탕(남성 집단) 연대 속에서 미래가 확실하게 보장되지 않는 회사생활에 목매느니, 차라리 지금 다니는 직장의 네임밸류를 빌미로 좋은 조건의 남자를 만나 그의 출세를 뒷바라지하는 것이 장기적 관점에서 더 안정적이라는 판단이었을 것이다.

퇴근 후나 주말에 개인적인 자기개발에 몰두하고 싶은 의욕은 자연스럽게 사라졌다. 내가 그 '3퍼센트' 안에 든다는 것은 현실적으로 가망이 없는 일이라는 생각이 들었기 때문이다. 대신 주중에 회사에서 겪는 좌절감은 남자친구와의 데이트로 메우기 시작했다. 제대로 도전해보기도 전에 좌절된 포부가 안겨준 허무함과 공허함이 나와 남자친구 사이를 더욱 돈독하게 하는 기제로 작용했던 것이다. '그래도 넌 멋져. 유능해. 내 눈에는 그깟 꼰대들보다 네가 더 멋있어 보여. 기운 내.'라고 말해주는 이는 남자친구밖에 없었으니까. 그것이 입바른 소리든 뭐였든 간에, 심신에 금이 간 상태에선 사기꾼들의 꿀 바른 거짓말에도 위안을 얻는 게 사람인 법이다.

무언가 잃었다. 잃어버린 자리에는 다른 것들이 채워지기 시작했다. 연애하기, 친구들과 어울리기, 술을 진탕 마시고 '원래 세상은 다 그런거야'라며 현실의 낙담을 농담거리처럼 안주 삼아 넘기기… 나는 내 공허와 외로움이 어디서 기인되는지 잊었다. 아니, 잊으려고 노력했다. 지옥 입시를 거쳐 극악의 취업난을 뚫기 위해 스펙을 쌓고자 동분서주했던 대학 시절이 도대체 무엇을 위해서였던 것인지 자세히 들여다보지 않기 위해 애썼다.

내가 신입사원 시절 연애 및 인간관계 그리고 외부 취미 활동에 매달렸던 이유다.

| 상무님 구두가 얼마짜린 줄 알아? |

내가 아직 신입사원이던 시절의 이야기다. 상품본부 MD들의 대대적인 해외 출장을 앞두고 있던 어느 날, 회사 각 부문의 부문장들이 참관하는 사전 미팅이 열리게 되었다는 소식을 듣게 되었다. 갓 입사한 사원 신분으로 직접 이야기를 주고받을 수는 없겠지만, 그래도 바로 지척에서 W상무님을 뵐 수 있다는 생각만으로도 가슴이 설레기 시작했다.

W상무님은 신입사원 연수시절부터 나의 동경의 대상이었다. 부문장들 중 유일한 홍일점이었는데, XY로 점철되어 있는 무리 중에 가장 반짝반짝 빛나는 모습이 인상적이었다. 흔히 사

회에서 두각을 나타내는 여성에게 붙는 '여풍당당'이란 시혜적 인 수식어가 아니라 '위풍당당'이라는 말 그 자체가 의인화된 모습이었으니까.

그동안 친구들과 어떤 여성에게 '멋있다'고 칭찬하는 것은 얼굴이나 옷 스타일, 또는 몸매 때문에 내뱉는 감탄사였다. 난생 처음으로 여성의 당당한 화법과 흐트러짐 없는 중후한 분위기가 '멋있게' 느껴졌던 것이다. 한껏 화려한 메이크업을 하지 않아도, 성적 매력이 부각되는 옷을 입지 않아도, 다른 사람들에게 호감을 사기 위해 계속 함박웃음을 짓거나 맞장구치는 리액션을 하지 않는 여자도 '사회적 지위' 하나만으로 사람들의 이목을 사로잡을 수 있다는 것을 깨닫게 해 준 최초의 인물이었다.

생각해보니 그동안 나를 포함한 세간의 사람들은 여성의 '예쁜 외모', '애교스러운 말투', '사근사근한 태도'에 "매력 있다"라는 수식어를 붙였다는 사실이 떠올랐다. 누구도 여성을 상대로 '중후한 매력이 있다'라고 칭찬하는 소리를 들어본 기억이 없던 것이다.

왜 그랬을까? 왜 그런 걸까? '중후함'은 지극히 남성적이고 마초적인 형용사이기 때문에? 프랑스처럼 한국 표준말 대사전에도 여성 · 남성 명사와 형용사가 나뉘어 있기라도 한 걸까?

궁금증에 네이버와 구글 검색창에 중후함이란 형용사를 검색해 보았다.

> 중후하다 重厚 — [중:후하다] (활용형: 중후함)
>
> 1. 태도 따위가 정중하고 무게가 있다
> 2. 작품이나 분위기가 엄숙하고 무게가 있다
> 3. 학식이 깊고 덕망이 두텁다

사전적 정의 어디에도 '남성 형용사'라는 사족이 붙어있지 않았지만, 각종 포털 사이트마다 '중후한 매력'이라는 검색어에는 이미지 탭 가득 남배우들의 기사와 사진들만 넘쳐나고 있었다. 반면 '동안 매력'이라는 검색어에는 완벽한 성비 반전이 일어났다.

'화무십일홍은 다 옛말이다! 딸처럼, 이모처럼 보이는 엄마. 젊줌마처럼 보이는 늙줌마' 콘셉트가 각광받는 기형적인 사회다. 이 속에서 여성도 주름을 가리지 않고 서비스 노동을 하지 않아도 무게감 있는 분위기만으로 충분히 매력적일 수 있다는 사실을 깨닫게 해준, 롤모델과도 같은 분이었다.

그 후 며칠이 흘러 회의 날 아침이 밝았다. 간부급 아래 직원들이 모두 착석한 뒤 상무 이상의 임원급들이 한두 명씩 회의

실로 걸어 들어올 때였다. W상무님께서 사원들 자리를 지나쳐 지나간 뒤로 여러 가지 소음이 터져 나오는 것이 들려왔다. "저 구두가 Y브랜드 F/W 신상인데 저 한 켤레가 너 월급보다 비쌀 거다. 남편이 국제변호사인 건 알고 있지? 굳이 맞벌이 안 해도 될 텐데…." "화장이랑 헤어를 숍에서 매번 받고 온다는 얘기가 있던데?" "그럼 새벽마다 살롱 다니시는 거래?" "이야~ 부지런도 하시네ㅋㅋ 그 정성으로 부문 애들 야근이나 좀 그만 시키시지…." "얼굴이 어쩜 저렇게 팽팽해? 나이도 드실 만큼 드시지 않았어? 관리 빡시게 받나 보네."

이상하게도 그 누구도 다른 남자 상무님들에겐 왈가왈부하지 않는 요소들이 W상무님에게는 평가 잣대로 작용하고 있었다. 다른 상무님들의 헤어스타일이 오늘은 어떤지, 손목에 찬 시계가 얼마짜린지, 오늘 신고 온 구두가 어느 브랜드인지 궁금해하지 않았다. 또 그들의 반려자분들이 어떤 직업을 가지고 얼마의 수익을 올리는지에 대해 입방아를 찧지도 않았으니 말이다.

W상무님이 담당하는 부서 하위 소속팀으로 발령이 났던 남동기에게 들었던 얘기들이 플래시백처럼 재생되기 시작했다. "남자 임원들 똥줄 빠싹 타는 거 같더라. 미친 X처럼 주말 출근해가면서 독하게 일에만 매달린다니까." 주말 출근을 불사하는 기획팀 남팀장은 살신성인 워커 홀릭이고, 주말을 반납하는 상

무님은 미친 X이 되는 회사라는 곳.

남자 동기와 선후배를 통해 듣는 W상무님에 대한 이미지는 깍두기, 명품 중독자, 각종 시술에 돈 가져다 받치는 과소비러, 어떻게든 아등바등 남자들 사이에 껴서 한몫 잡고 싶어 하는 억척스러운 아줌마 그 이상 그 이하도 아니었다.

어느 순간부터 나도 상무님을 먼 지척에서 마주칠 때마다 가장 먼저 떠오르는 생각은 '오늘은 어떤 착장을 하셨지? 오늘은 얼마짜리 구두를 신으셨을까?'가 되었다. 나도 모르는 사이에 주변 사람들의 TMI 입방아에 영향을 받고 있었던 것이다.

| 목구멍 깊숙이 |

몇 년 전 개봉한 아만다 사이프리드 주연의 「러브 레이스」라는 영화가 70년대 포르노 스타 린다 러브레이스(본명 린다 보어맨)의 서사를 바탕으로 제작되어 화제가 된 적이 있었다. 그녀의 데뷔작이자 히트작인 「목구멍 깊숙이」(1972)는 다미아노라는 시나리오 작가 겸 감독이 '여성의 음핵(클리토리스)이 목구멍 속에 있어서 끊임없이 오럴 섹스에 몰두하는 여자'를 상상하며 만든 작품이다. 글로리아 스타이넘은 『남자가 월경을 한다면』에서 "프로이트가 질 오르가슴을 만들어내어 음핵이 여성의 쾌

락의 근원임을 부인한 후 최초로 여성의 쾌락 장소를 남성의 마음대로 정의해버린 예"라며 문제작을 소개하기도 했다.

성생활에 만족하지 못하던 린다 러브레이스는 의사의 진찰 결과 클리스토리스가 목구멍에 있다는 것을 알게 된다. 이후 린다는 많은 남자들과 구강성교를 하면서, 진정한 오르가슴을 느낄 수 있게 된다'라는 스토리의 이 영화는 당시 6억 달러의 수익을 내며 말 그대로 '붐(BOOM)'을 일으켰다. 미국 각주의 수백만의 여자들이 남편이나 남자친구의 손에 이끌려 영화를 보게 된 것이다(매춘 여성들은 포주의 손에 이끌려 극장을 찾았다). 스타이넘의 지적처럼 여자가 진짜로 남자를 즐겁게 해주기를 원한다면 '이런 기술과 태도'를 익혀야 한다는 것을 영화가 가르쳐줄 것이라 기대했기 때문이다. 이 영화는 미국 사회 전반의 포르노 연출에 지대한 영향을 끼치게 된다.

일본 포르노에서 펠라티오 장면이 필수로 등장하기 시작한 것은 미국 포르노가 일본으로 수입되기 시작되면서라는 주장도 있다.* 외산 포르노가 본격적으로 수입 유통된 후 일본 AV에서 펠라티오 묘사 장면이 폭발적으로 늘어난 점에 착안한 주장

* 위키백과, "펠라티오". https://ko.wikipedia.org/wiki/펠라티오

이었다. 그 후 AV를 위시한 다양한 풍속 산업 전반에 영향을 끼쳐 일반인들의 성생활에까지 자연스럽게 녹아들었다는 것이다.

요새 인스타그램과 같은 SNS에서는 후두 감각을 마비시키는 스프레이가 사용 후기나 홍보 글을 심심치 않게 발견할 수 있다. 남자친구의 페니스를 '목구멍 깊숙이' 집어넣어야 하는 미국 여성들이 남자친구를 위해 DEEP THROAT SPARY를 구매하는 것이다. 어쩜 스프레이 이름도 영화에서 그대로 따온 '목구멍 깊숙이 스프레이'다.

Princess ♪ @Princ***
One day I'm going to have someone who will give me the world, & that'll be the day I'll need comfortably numb spray♥

▲ SNS에 올라온 구강 스프레이에 관한 내용

물론 여성도 남성에게 커널링구스라는 명칭의 오럴을 받는다. 하지만 적어도 남성들은 호흡기 질환을 겪는 것처럼 기도가 컥컥 막히도록 눈물 콧물 쏟는 고통을 겪지는 않는다. 그리고 도대체 어떤 남성이 "나의 전립선은 내 혀끝에 있어. 그래서 나는 여성의 성기를 혀로 애무하면서 간다간다 뿅 가버리지"라고 하던가? 남성의 성감대가 귀두가 아닌 혀에 달려 있고, 삽입이 아니라 커널링구스를 통해서만 오르가슴을 느끼는 「혀뿌리 끝까지」라는 포르노 영화를 본 적이 있는지?

여러분들이 P2P 사이트를 통해 노트북에 다운 받아 놓거나 스마트폰 링크를 타고 들어가 종종 즐겨보는 동영상들 속에서 여성기를 애무하며 황홀경을 헤매는 남성 캐릭터를 본 적이 있는가?* 여성들은 심지어 여성에게 강제로 펠라티오를 시키는 강간물 속에서도 일정한 '조련 과정'을 거치고 나면 '진정한 여성의 육체적 기쁨'에 눈을 떠서 남근에 환장하는 캐릭터로 숱하게 그려진다(그 반대의 예를 알고 있다면 내 메일로 영상 품번을 공유해 달라, 나도 한번 보게).

자, 이쯤에서 한국 드라마력 테스트에 이은 두 번째 테스트를 한번 진행해 보도록 하자. 이번엔 제시되는 두 가지 상황 중에서 '더' 위협적으로 느껴지는 것을 고르기만 하면 된다.

[상황 A] 땅거미가 뉘엿뉘엿 지고 있는 시골길을 걷고 있는 남성이 우연히 정신이 약간 모자라 보이는 여성을 발견하게 되었다고 가정해보자. 생긴

---

* 심지어 가학적 성행위를 다룬 BDSM물에서 조차 멜섭(남성 지배자)들은 펨돔(남성 복종자)의 즐거움을 위해 봉사하는 의미로 커널링구스를 할 뿐이지 자기가 그 행위를 통해 오르가슴을 느끼진 않는다. 비록 "미천한 제가 주인님의 ○○를 △△할 수 있다는 것은 행-운-입니다!"라는 류의 대사를 내뱉는다 할지라도.

것은 멀쩡해 보이는 이 여성은 치마를 활짝 걷어 올리고 자신의 여성기를 드러내며 씨익 웃고 있다.

[상황 B] 땅거미가 뉘엿뉘엿 지고 있는 시골길을 걷고 있는 여성이 정신이 약간 모자라 보이는 남성을 발견하게 되었다고 가정해보자. 생긴 것은 멀쩡해 보이는 이 남성은 바지를 발목까지 내린 채 발기된 자신의 남성기를 내보이며 씨익 웃고 있다.

당신의 성별을 잠시 잊고 제시된 상황만 읽었을 때 어떤 것이 더 두렵게 다가오는가?

[상황A]의 경우 남성들은 99.99퍼센트 이상의 확률로 여성기를 보고 '딴 생각'—실천으로 옮기든, 옮기지 않든— 을 품게 될 것이다. 반면 [상황B]의 경우 정신이 약간 이상해 보이는 변태 남성이 얼마나 '멀쩡하게' 생겼냐 아니냐를 떠나서 여성들은 대부분 겁을 집어먹고 줄행랑을 칠 것이다. 현실 세계에서 낯선 남성기는 여성에게는 흥분이 아닌 강간과 수태를 연상시키는 두려움의 대상이기 때문이다. 하지만 아이러니하게도 남성의 판타지를 토대로 만들어진 포르노 세계에서만큼은 남성기는 존재 자체로 여성을 흥분시키고 달뜨게 만드는 상징적 도구

로 재구성된다.

1980년, 린다가 「수난」이라는 이름의 자서전을 펴내며 8년 전 상업용 포르노 영화를 촬영할 당시 겪었던 끔찍한 모욕감과 수치심을 고발했다. 그녀는 그때의 촬영이 누군가 자신의 머리께의 총구를 들이밀고 억지로 강간하는 과정의 연속과도 같았다고 서술하기도 했다. 그러니 현실에서 여성들은 낯선 남자의 생식기를 숨이 막히도록 목구멍에 밀어 넣어도 오르가슴을 느끼지 않는 게 확실하다.

| 아빠의 상상은 현실이 된다 |

우리는 아버지로 대표되는 기성세대와 가부장제 사회 속 남성들이 바람직하다고 생각하는 여성상을 '여자의 타고난 본능'이라며 학습해왔다. 가령 오늘날 여성들이 포르노를 볼 때 같은 동성의 벗은 몸을 보며 흥분한다거나, 남자친구에게 펠라티오 서비스를 해주는 행위 자체로 '흥분된다'고 느끼는 것은 타고난 선천적 성질일까 아니면 후천적으로 만들어진 취향일까? 어쩌면 우리는 아버지들의 손에 의해 목구멍 속에 음핵을 강제 이식 당한 현대판 린다 러브레이스들이 아닐까?

현대의 여성들에겐 "나는 펠라티오를 좋아해. 남성을 만족시키는 건 나를 성적으로 흥분시켜"라고 말할 주체성은 있으나, "내가 왜 펠라티오를 해줘야 하는데? 내가 왜 애널 섹스 요청에 쿨하게 응해야 하는 거지? 내가 왜 야한 속옷을 입고 네 섹스 판타지를 충족시켜줘야 해? 싫어"라고 말할 주체성은 없는 것일까? 그렇게 해주지 않으면 남자친구가 떠나간다고? 남편이 바람이 난다고? 그래서 떠날 사람이라면 제발 미리 떠나보내라. 나중엔 '그때 걔가 먼저 날 떠나줘서 참 다행이었지', '그때 하늘이 날 도왔기에 망정이지'라며 안도의 한숨과 함께 가슴을 쓸어내리게 될지도 모르는 일이다.

| 세워주는 여자 |

내가 만약 어린 시절에 모두에게 무해한 여자아이가 되어서 사랑받는 법, 남을 배려하고 양보하는 관계 지향 가치관 대신에 야망과 포부를 크게 가지고 목표에 죽기 살기로 달려드는 성취 지향 태도에 더 많이 노출되었다면 지금의 나는 어떤 모습이었을까? 지난 인생의 선택지들 속에서 어떤 옵션을 골랐을까?

어린 시절부터 남들 앞에 나서는 것을 좋아하던 나는 초등학

malva

교 시절부터 종종 반장을 했다. 그러다 중학교 2학년 1학기 때 '예외적 상황'이 맞닥뜨리게 되었다. 개표 결과 두 번째로 득표를 많이 했던 남자아이와 단 1표 차이 밖에 나지 않는 상황이 벌어진 것이다. 다른 후보들을 제외하고 재투표에 들어갔지만 이번엔 아예 동표가 나와버렸다.

"너네는 어떻게 하고 싶어? 재투표해도 별 차이 없을 것 같은데, 가위바위보라도 할래?" 선생님의 말씀 뒤로 교실 안에 흐르던 고요한 적막을 먼저 깬 것은 내 쪽이었다.

"제가 양보할게요. 저는 반장을 많이 해봤으니까요."

그날 나는 당연하게 반장 타이틀을 요구하는 대신에 학급 친구들의 사랑을 받는 부반장이 되는 쪽을 선택했다. 아직까지도 그날의 분위기 생생하게 느껴진다. 쏟아지던 친구들의 박수, 경직된 표정에서 환한 미소로 바뀌던 경쟁자의 표정, 확실히 여자애라 그런지 철이 일찍 들었다며 칭찬을 아끼지 않으시던 선생님.

사실 나는 그때 누구보다 반장이 하고 싶었다. 하지만 당연하게 요구할 수도 있었던 자리를 향해 손을 뻗지 않았다. 아니, 그러지 못했다. '네가 여기서 한 발짝 물러서면 사람들이 너를 더 좋게 생각하게 될 걸?' '너를 쿨하다고 생각할 거야.' 무언가를 차지하는 대신 양보하고 배려하는 여성적 역할을 수행하는 쪽을 택해야 할 것 같았기 때문이다.

그때는 몰랐다. 사람들은 누군가의 희생에 그저 고마움만을 느낄 뿐이고, 그 감정은 생각보다 오래 지속되지 않는다는 것을. 그리고 나중에는 당연하다는 듯 점점 더 많은 배려와 양보를 요구하게 되리라는 것을. 사람들이 진정으로 소중하게 생각하는 건 자리와 타이틀에서 나오는 실질적인 힘이라는 것을 말이다.

여자가 남자에게 '세워줘야' 할 것도 참 많은 세상이다. 후두부가 아프지 않게 스프레이를 뿌려 감각을 마비시키고 목 근육 이완 조절을 하며 누군가의 기분을 한껏 고양시켜주어야 하고, 또 누군가가 집 안팎으로 어깨를 당당하게 펴고 다닐 수 있도록 너무 드세지 않게 행동해야 한다. 사실 이쯤 되면 진정으로 자립심이 없는 존재는 여자가 아니라 혼자서는 뭐 하나 제대로 '세우지도' 못하는 이 세상의 누군가들이 아닌가 싶기도 하다.

◦ 오빠가 허락한 연애 ◦

(…) 하지만 전체적으로 보면 이런 암호와 사탕발림, 이런 속삭임과 위협과 신화들은 압도적으로 한 방향을 향해 움직인다. 바로 여성들을 아버지의 딸이나 싱싱하게 푸드덕거리는 낭만적이면서 적극적인 둥지 속의 새 같은 존재 아니면 소극적인 사랑의 대상 같은 자기들의 '용납 가능한' 역할로 다시 떠밀어 넣으려는 것이다.

– 수전 팔루디, 『백래시』

| 신체발부수지 '오빠' |

"여자는 머리는 길고 치마는 짧아야 하는 법이지."

대학생 시절 한창 유행이었던 최동훈 감독의 「도둑들」이란 영화에 나온 대사다. 당시 그 대사에 꽂혔던 나는 단발머리가 허리춤에 닿을 때까지 기르기 시작했다. 당시 주변 친구들도 긴 생머리를 하고 있어서 우리는 하루 종일 버릇처럼 빗질을 하거나 머리칼을 손으로 쓸어넘겨 댔다. 다같이 짱깨라도 먹으러 가는 날엔 오른손으론 젓가락질을, 다른 한 손으론 머리칼이 짬뽕 국물에 푹 절지 않도록 꼭 붙잡고 후루룩거리는 진풍경이 벌어지기도 했다.

그러던 중 여름을 맞아 머리색을 바꾸기 위해 방문한 미용실에서 청천벽력 같은 소리를 듣게 됐다. "이거… 다 잘라내야 할 것 같은데." 잦은 탈색과 염색으로 인해 머리칼의 상태가 미용사의 말처럼 숨 넘어가기 직전이 되어버린 탓이었다. 미용사는 이참에 아예 어깨 기장으로 다듬었다가 다시 기르는 게 어떠냐고 물어왔다.

"상한 부분 다 잘라내려면 어디까지 쳐야 돼요?"

"아이고, 그거 다 쳐내면 완전 숏컷이야, 숏컷! 아가씨가 그렇게 짧게 자를 순 없잖아?"

"……"

잠시 망설였으나, '여자가 그런 스타일을 할 수 있겠냐'는 미용사의 도발 아닌 도발(?)에 넘어가 홧김에 숏컷을 감행하게 되었다. 사실 홧김이라고 하지만, 당시 모 연예인이 유행시킨 숏컷 열풍도 이 과감한 선택에 어느 정도 영향이 있었거니와 사실 단발까지 기른 다음에 붙임 머리 시술을 받을 생각이기도 했다.

그런데 이상한 일이 벌어졌다. 너무 과감했나 싶어 살짝 심난 했던 초반의 마음이 경건한 절단식(?)이 진행될수록 묘하게 바뀌어 갔기 때문이다. 한 여름에 허리춤까지 내려왔던 머리가 삭둑삭둑 잘려 나갈수록 어딘가에서 "샤아아아아아아"로 시작하는 상투스("거룩하시도다, 거룩하시도다, 거룩하시도다"로 시작되는 미사 때 부르는 찬미가 sanctus) 노랫소리가 점점 또렷이 들려왔다. 그건 마치 펄펄 끓는 한증막 속에서 오리털 패딩을 두르고 있다가 훌훌 벗어 던지고 뛰쳐나온 느낌과도 같았다.

짧은 머리는 자연스럽게 옷 입는 스타일에도 영향을 끼쳤다. 굽 높은 하이힐에 살랑거리는 프릴 원피스를 입는 대신 운동화에 간편한 티셔츠 차림으로 데이트하러 가는 날도 생기기 시작했다. 생활 패턴도 달라졌다. 예를 들면 샴푸 값, 머리 감는 시간, 말리는 시간, 외출 전 세팅 시간이 획기적으로 줄어든다던지 머리 상태를 확인하기 위해 거울 보는 시간이 짧아지는 식이었다.

개인적으로는 굉장히 만족도가 높은 스타일이었으나 사이드 이펙트는 전혀 예상치 못한 곳에서 터져 나왔다.

"왜 내 허락도 없이 혼자 덜컥 결정을 내려?"

짧은 머리를 본 남자친구의 첫마디였다.

"허락?"

지금 내가 살고 있는 시대가 21세기인가, 아니면 단발령이 내려진 1895년대인가. 신체발부수지'오빠'—원래는 身體髮膚受之父母, '신체와 터럭과 살갗은 부모에게서 받은 것이다'라는 뜻—라는 거야, 뭐야. 오랜만에 국사 시간 생각나게 하네, 얘가.

"아니, 이렇게 스타일에 큰 변화를 주는 거면 나한테 미리 동의를 구하던가 했어야지. 왜 이렇게 이기적이야?"

"(황당하다는 표정으로) 울 엄마한테도 안 구하는 동의를 왜 오빠한테 구해?"

"아니 긴 머리가 잘 어울렸는데… 아쉬워서….."라며 그는 기어드는 말끝을 따라 덧붙일 말이 있는 것처럼 몇 번 입술을 달싹거리더니 이내 나의 눈치를 보고는 더 이상 내 머리에 대해 언급하지 않았다.

처음엔 새로운 스타일에 아직 적응이 안돼서 어색해 하나보다 했으나, 숏컷을 하고부터 그가 개인 SNS 계정에 나와 찍은 사진을 업데이트하지 않는 모습을 보고 확실하게 감 잡을 수 있었다. 나의 새로운 머리와 옷 스타일이 자신이 이상적이라고 생각하는 '여자친구 상'의 궤도를 벗어나게 되었다는 것을 말이다.

"넌 이제 내가 완전 편해졌나 봐? 나 만나러 나올 때 잘 안 꾸미는 거 같아, 요새."

"그러는 오빠는? 넌 맨날 편한 운동화 신고 나올 때 나만 매번 굽 높은 힐 신어야 하고, 넌 아무 데나 철퍽철퍽 앉을 수 있는 청바지 입고 나만 딱 달라붙는 치마에 스키니진 입으라는 거야? 넌 데이트 나오기 전에 몇 분이나 꾸미고 치장하는데?

내가 너처럼 '편하게' 머리 자르고, 입고, 스타일링 하는 게 그렇게 못마땅해? 정말 이기적인 사람은 내가 아니라 오빠 아냐?"

"야, 내가 여성스러운 스타일 좋아하는 거 너도 잘 알잖아."

"그래? 그럼 넌 그동안 내가 아니라 여성스러운 스타일이랑 연애한 모양이네."

캐붕(캐릭터 붕괴)이 연애 소꿉놀이조차 붕괴시켜버린 순간이었다.

| 설명 노동 |

"내 얘기를 지나치게 많이 한 걸까? 아니면 내가 너무 찡찡거린 걸까?"

주변 지인들의 손과 발을 현대판 암모나이트로 만들던 E와 F의 사랑. 저러다 휴대폰 배터리가 과열되어 터지는 건 아닌가 싶을 정도로 수업 시간, 공강 시간, 등하교 시간 내내 끊임없이 연락을 주고받던 둘의 사이가 뜸해지기 시작한 것은 언제부터였을까?

공교롭게도 E가 남자친구에게 점점 더 자신의 마음을 열기 시작하면서였다. 그녀는 자신과 남자친구와의 관계가 깊어진다고 느낄수록 자신의 '진짜' 생각과 속마음을 검열 없이 터놓고 이야기했고, 또 현실 생활 속에서 그동안 받아왔던 상처들을 조심스럽게 오픈하기도 했다. 처음에는 그녀의 환심과 신임을 얻기 위해 '무조건 덮어놓고 찬성', '네 말이면 무조건 옳다'는 입장을 취하던 F는 어느 순간부터인가 그녀의 고민과 생각들을 부담스러워하는 것 같이 보였다고.

E가 여성이 일방적으로 피해자가 되어야 했던 세간의 사건들을 대화 주제로 꺼낸 날이었다. 선배가 회사에서 겪은 성희롱 사건에 대한 자신의 생각을 토로할 때, 또 여자로 살아가야 하는 불안에 대해, 자신이 단지 여자라는 이유만으로 권리보다 의무를 강요받았던 상황들에 대해 울분을 토할 때 F는 말없이 그녀의 말을 듣기만 했다. 그리고 대화의 주제가 깊어질수록 유독 하얀 그의 얼굴에 새파랗다 못해 어둡기까지 한 그림자가 드리우는 것 같았다고 회상했다.

F는 그녀에게 늘 너만을 사랑하고, 평생 너를 지켜줄 것이라는 식의 멘트를 입에 달고 살았지만 그것들은 그녀가 '자신의 심기를 불편하게 하지 않는다'는 전제하에 보상처럼 내려지는 조건부적 너그러움이었다.

"여기서 꼭 그런 주제를 꺼내야겠어? 그런 얘기 말고도 얼마나 할 이야기가 많은데." "그래 네가 무슨 말 하고 싶은지는 잘 알겠어. 나도 이해해. 근데 그런 얘기 깊게 하다간 서로 감정만 상할 것 같아서 그러는 거야." "이제 그 얘기는 그만하자. 좋자고 만난 데이트 분위기를 꼭 이렇게 무겁게 만들어야 속이 시원하겠어?"

그때 비로소 E는 그와의 관계에서 위안을 찾고자 했던 자신의 기대가 번지수를 짚어도 한참 잘못 짚었다는 것을 깨달았다고 고백했다. 남성 중심 사회에서 주변인으로 겪었던 소외감을 그 사회의 구성원을 통해 이해받으려는 자체가 말이 안 된다는 것을 직감한 것이다. 지금 이 순간은 '남자친구'라는 타이틀을 훈장처럼 걸고 내 곁을 지키고 서 있지만, 정작 어느 한 편의 이익 실현을 위해 목소리를 내야 할 결정적인 순간이 왔을 때 그는 '그들'의 편에 설 것이라는 점을 말이다.

"그를 설득할 수 있지 않을까?" E는 누군가에게 사랑받는다는 느낌을 절실하게 잃고 싶지 않아 보였다. 그러나 그녀가 처한 상황을 타개할 해결책은 그녀의 친절한 미소와 자세한 설명이 아니었다. 그녀의 남자친구가 바보 온달이어서 그녀의 하소연을 못 알아들은 것도 아니다. 사실 그는 바보가 아니라 왕자였고, 평강 공주 타이틀을 걸고 있는 친구에 비하면 훨씬 강대한 나라의 지배층이었다. 약소국 시민이 겪는 핍박보다는 자신이 속한 강대국 시민으로서의 책임감이 무겁게 느껴지는, 평범한 남성이었을 뿐이다.

| 나를 '진정으로' 사랑하지 않는 당신에게 |

사실 E의 에피소드는 곧 나의 에피소드이기도 했다. 나 역시 E처럼 순진한 기대를 품었던 설명 노동자 중 한 명이었기 때문이다. 성별에 따른 차별화된 사회화를 겪었던 그의 눈높이에 맞춰 최대한 이해하기 쉽게 '내 입장'을 풀어 이야기하면 공감대 형성이 가능할 거라 생각했다. 온전히 사랑을 주고받는 관계를 만들 수 있으리라 여긴 것이다.

하지만 여성 인권에 관한 이야기를 대화 주제로 올릴 때면 남자친구의 말과 태도에서는 커다란 낙차가 발생하곤 했다. 입으로는 '네 말이 맞아. 그래, 그런 점에선 두려움을, 부당함을 충분히 느끼고도 남지. 아마 내가 같은 여자였어도 그랬을 거야'라고 하면서도, 정작 그의 태도는 이런 식이었기 때문이다.

"네 입장에 공감해 줄 수 있도록 어디 한번 나를 잘 납득시켜 봐."

팔짱을 낀 채 고개를 주억거리던 그의 태도는 마치 배심원

같았다. 피고석에 앉아 내 주장과 발화에 신빙성을 더하기 위해 갖은 노력을 하다가 문득, '그는 정말 나를 생각해주는 것이 맞을까'라는 미타스러운 의문을 가지게 되었다.

생각해보라. 사랑하는 자식이 유치원에서 맞고 왔을 때, 훌쩍이는 아이를 앉혀 놓고 '너도 잘못이 있는 것 아니니? 쌍방의 말을 다 들어봐야 하는 거 아냐?'라고 이야기하는 부모가 과연 몇이나 될까? 형제자매가 놀이터에서 안면부지 옆 동네 친구에게 천 원을 뜯기고 꿀밤까지 얻어맞고 왔을 때 '음… 아마 네가 맞을 만하니까 때렸겠지? 네가 칠칠하지 못하게 천 원을 손에 쥐고 다녀서 표적이 되었던 거 아냐? 걔는 놀자고, 친해지자고 한 장난에 네가 과민 반응한 거 아니야?'라고 하는 사람이 있기는 할까?

누군가를 이해하려 노력하고 감정적인 지지를 보내는 것은 관계를 유지키 위해 어쩔 수 없이 쥐어짜내야 하는 시혜적 차원의 도구가 아니다. 언제부터 우리 사이의 대화는 그런 도구로 전락해버린 것일까. 어쩌면 서로에게 느낀 사랑이라는 감정은 서로를 완벽하게 오해하고 있기 때문에 유발된 것일지도 모른다는 생각이 들었다. 어쩌면 처음부터 우리 사이에 대화다운 대화는 없었던 게 아닐까.

나는 왜 그에게 '설명 노동'을 빚지게 된 것일까? 나는 그저 심리적으로 가장 가깝다고 생각되는 상대에게 내 감정과 생각에 대한 동의를 얻고 싶었던 것뿐이었는데. 피로감이 몰려왔다. 매일 나에게 '사랑한다'고 이야기하는 이조차 제대로 설득시키지 못하는데, 과연 이 세상이, 이 사회가 나를 생각해주고 이해해줄 수 있을까?

"음, 그렇구나. 근데, 이게 요새 떠들썩한 페미니즘인지 뭔지 한다는 애들이 하는 얘기랑 같은 거야? 솔직히 네가 왜 자꾸 걔네들이 하는 얘기를 옮기고 있는지 모르겠어. 걔네는 피해망상, 피해 의식에 절어 있는 사회 부적응자들이던데, 넌 그런 상황도 아니잖아?"

내가 그런 정신 나간 애들과는 다르다는 표현으로는 전혀 기분이 나아지지 않았다. 그의 바운더리 안에서 내가 아무리 '특별하다'고 칭해지더라도, '정신 나간 페미니스트들'이나 나나 가부장제 아래에선 똑같이 2등 시민일 뿐이라는 사실은 변함없을 테니까. 2등 시민들 사이에서 아무리 촘촘하게 위계 서열을 나누어봤자 결국 우리는 '누가 더 가부장의 시혜를, 특혜를 많이 받고 있나'를 겨루고 있을 뿐이라는 것을, 이제는 알게 되었으니까.

남 듣기 좋은 말만 앵무새처럼 지껄여야 하는 '멀쩡한 여자 친구' 타이틀보다 차라리 사회 부적응자 취급을 받는 것이 나을지도 모르겠다는 생각이 들었던 밤. 나의 마지막 연애는 막을 내렸다.

◦ 진짜 로맨스, 브로맨스 BROMANCE* ◦

| 조커는 할리 퀸과 배트맨 중 누구를 사랑하고 있을까 |

2016년 워너브라더스사에서 배급한 「수어사이드 스쿼드」라는 영화를 본 적이 없더라도 영화 속에 등장하는 '할리 퀸'이란 이름은 어디선가 한 번쯤 들어봤을 것이다. 핫핑크와 푸른색으로 각기 물들인 양 갈래 머리를 한 그녀의 '핫'한 스타일이 개봉 전부터 티저 영상과 스틸샷으로 공개됐는데, 셀럽들이 코스프레하며 SNS를 뜨겁게 달궜기 때문이다.

해당 영화의 대략적인 줄거리는 DC 코믹스 물에 등장하는 빌런들이 팀을 만들어 '더 큰 악에 대항한다!'는 내용이다. 흥미로운 것은 할리 퀸과 조커의 관계성이 원작과 사뭇 다르게 그려진다는 점이다. 원작에서 둘의 사랑은 할리의 일방적이고 안타까운 ONE SIDE LOVE(짝사랑)이기 때문. 배트맨 어드벤처 시리즈 중 「미친 사랑(Mad Love)」라는 에피소드에서는 이런 둘의 관계가 확실하게 드러난다.

항상 헛발질만 거듭하는 자신의 짝남(짝사랑 상대 남성)조커가 늘 안타까웠던 할리. 적극적으로 발 벗고 나서 그를 돕기로 마

---

* 브로맨스(bromance)는 미국에서 사용하기 시작한 단어로 형제를 뜻하는 브라더(brother)와 로맨스(romance)를 조합한 신조어이다. 남자와 남자 간의 애정을 뜻하는 단어로 우정에 가까운 사랑을 의미한다. 단순히 진한 우정에서부터 깊게는 로맨틱한 분위기가 가미되기도 하지만 성적인 관계를 맺지 않는다는 것이 특징이다.

음먹는다. 계획에 착수한 그녀는 KNOCK-OUT DRUG라 불리는 약을 이용하여 홀로 배트맨을 포획하는 데 성공하게 되고(조커와는 달리 무려 한방에…), 식인 물고기가 유유히 헤엄쳐 다니는 거대한 수족관 위에 배트맨을 거꾸로 매달아 포박해 놓는다. 배트맨을 제거하여 조커를 기쁘게 해주고 마침내 조커의 관심과 사랑을 받을 수 있으리라는 기대로 들떠있는 할리. 배트맨은 그녀에게 다음과 같은 대사를 날린다.

> "HE'S GOT A MILLION OF THEM, HARLEY. LIKE ANY OTHER COMEDIAN, HE USES WHATEVER MATERIAL WILL WORK."
> 너는 조커가 자신의 목적을 달성하기 위해 이용하는 숱한 도구들 중 하나일 뿐이야.

적군의 도발(팩트 폭력)에 정곡이 찔려 마음의 상처를 입게 된 할리. 그녀는 눈물을 펑펑 쏟으며 "너만 없앤다면, 너만 없다면 우리는 행복할 수 있을 거야!"라고 외친 뒤 배트맨을 수족관 속으로 떨어뜨리려 한다. 아뿔싸, 그의 도발은 핀트가 나갔던 것일까? 배트맨의 머리가 수조 속으로 처박히는 것이 코앞으로 임박한 순간, 어금니를 꽉 깨문 그가 한 번 더 회심의 대사를 날린다. "과연 네 손으로 처리한 인물이 진짜 배트맨이라고 조커가 믿어줄까?" 나를 처리할 것이라면 조커가 보는 앞에서—검증을 거치고—하는 것이 확실할 거라는 뜻이었지만, 배트맨은 알고 있었다. 자신이 할리에게 사로잡혔다는 소식을 조커가 알면 난리가 날 거란 사실을 말이다.

잠시 고민을 하던 할리는 결국 도르래 작동을 멈추고 조커에게 전화를 걸고, 배트맨의 예상처럼 조커는 미친 사람처럼(이미 미쳤긴 하지만) 날뛰기 시작한다.

"THERE GOES THE JOKER... THE GUY WHOSE GIRLFRIEND KILLED BATMAND!"

하하하, 조커에게 어울리는 이름은 이게 되겠군, 배트맨을 끝장낸 여자친구를 둔 남자!

"I NEVER THOUGHT HE WAS THAT FUNNY TO BEGIN WITH."

네가 그렇게 하찮은 인간일 거라고는 상상도 못 했다.

"OH YEAH, THAT'S WHAT'S-HIS-NAME... YOU KNOW, MR.* HARELY QUINN!!"

아, 맞아, 걔 이름이 뭐였더라… 아 맞다, 할리퀸의 남자!!

---

* 미국에서는 결혼을 하고 나면 여성이 남성의 성을 따라 쓴다. 예를 들어 스미스 SMITH라는 성을 가진 남성과 결혼한 여성은 결혼 후에 그녀의 본래 성 대신, 미세스 스미스 Mrs.Smith라고 불리게 되는 식이다. 영화에서는 반대로 조커가 할리 퀸의 닉네임을 따라 Mr. 할리퀸으로 불리게 된다는 식으로 상황 반전 농담을 치며 조커의 형편없음을 조롱하고 있다.

할리의 전화를 끊고 그의 머릿속을 가득 메우는 것은 다른 '남성' 빌런들—펭귄, 투페이스, 리들러—의 웃음거리가 되는 장면이다. 내가 바로 '위대하고 고결한 배트맨을 죽인' 최고로 악명 높은 빌런이 돼야 하는데, 그 업적을 할리가 가로챈다고? 그에게 피어오르는 감정은 고마움이 아닌 분노였다. 조커는 미친 듯 차를 몰아 포박 장소에 도착하자마자 할리를 때리고, 유리창 밖으로 밀치며 폭력을 휘두른다. 자신이 아닌 다른 이가 배트맨의 목숨을 위협하는 것은 용납할 수 없는 일이었기 때문이다. 그녀가 의식을 잃든 말든 마구잡이로 폭언과 폭력을 행사하던 조커는 흥분이 좀 가라앉자 한달음에 배트맨이 포박되어 있는 탱크 앞으로 달려간다. 그리고 탱크 속에서 그를 '구해낸' 후 다음과 같은 대사를 건넨다.

> "I REALLY HAVE TO APOLOGIZE FOR THE KID! NO STYLE, NO RESPECT FOR PROPRIETY...! TELL YOU WHAT... LET'S JUST PRETEND THE WHOLE THING NEVER HAPPENED... AND DO THIS SOME OTHER TIME, OKAY?"
> **이렇게 예의와 경우 없는 사건이 일어난 것에 대해서 내가 대신 사과를 하지! 이번 일은 없던 셈 치세. 다음번에 나랑 제대로 다시 하자고, 응?**

선과 악을 대변할 자격이 있는 기사들만의 신성한 리그에 난

데없이 몸종이 훼방을 놓았다고 생각하는 듯 조커는 황공무지한 표정과 제스처를 한다. 그리고 손수 배트맨의 팔다리를 친친 감은 쇠사슬을 끊어낸다. 그는 할리 퀸을 사랑하지 않는다. 사랑의 사전적 첫 번째 의미는 바로 "어떤 사람이나 존재를 몹시 아끼고 귀중히 여기는 마음 또는 그런 일"이기 때문이다. 이와 같은 사전적 의미에만 근거한다면 그가 진정으로 사랑하고 있는 존재는 배트맨인 것이다.

모든 사건이 종결된 후, 현장에서 당한 부상으로 입원하게 된 할리. '모든 것을 정리하고 이제 정말 자신의 삶을 살겠다'고 다짐하는 그녀의 병실에 'FEEL BETTER SOON 곧 나아질 거야'라고 적힌 쪽지와 함께 화병이 놓여있다.

할리, 지금은 비록 너를 사랑하지 않지만 네가 내 곁에서 나의 대업을 이루기 위한 프로젝트에 열과 성을 다한다면 언젠가 나의 사랑을 은총처럼, 보답처럼 받게 될지도 몰라…. 이것이 이 에피소드의 제목이 '미친 사랑'인 이유이다.

I 여성의 사랑보다 값어치 있는 것 I

배트맨과 조커 같은 남성들의 찐한 대결 서사를 다룬 작품이

서양권 코믹북에만 등장하는 것은 아니다. 보지 않았어도 이름은 알고 있을 만화 〈데스노트〉의 두 주인공 라이토와 엘의 관계도 비슷한 구도로 형성되어 있다. 주연급으로 등장하는 주인공 미사의 존재는 라이토가 자신을 추적하는 탐정 엘을 눈속임할 이용 수단으로 등장할 뿐이다. "나를 좋아한다면 내 말에 따를 수 있겠지? 네가 분명 나에게 '이용당해도 상관없을 정도로 네가 좋다, 네 말을 따르겠다'고 말했었으니까."

그들은 여성에게 이런 메시지를 은연중에 전달한다. 자신들이 공적인 영역에서 수행하고 있는 업무가 '제대로 이루어져야' 바깥일 때문에 골머리를 썩지 않아서 여성의 품—가정 혹은 연인간의 관계, 사적인 영역—으로 복귀할 수 있다는 것이다.

우리나라 상영관에 크랭크인 되면, 기본 몇만 관객은 무난하게 동원하는 '수컷 냄새 진하게 풍기는' 조폭 영화들만 봐도 그렇다. "살아있네~"라는 대사를 전국적으로 유행시킨 최민식-하정우 주연의 「범죄와의 전쟁」, "모히또가서 몰디브 한 잔" 이병헌-조승우 주연의 「내부자들」, 조인성-정우성 주연의 「더 킹」, 설경구-임시완 주연의 「불한당」…. 모두 유혈이 낭자하는 폭력 장면과 욕설, 룸살롱, 여성을 향한 폭력 및 성적 착취 장면이 필연적으로 등장한다. 조직 영화가 아니어도 첩보, 액션, 스

릴러 영화의 주인공과 그에 맞서는 악당들은 모두 남성으로 구성되어 있다. 여성들은 '트로피'처럼 등장할 뿐이다. 그 누구도 여성 출연자에 대적하기 위해서 전력을 다해 목숨 걸고 덤비지 않는다. 그들은 모든 바깥의 전쟁이 끝난 뒤 찾아오는 '평화'의 조각일 뿐이니까.

| 남자만 사랑하다 |

얼마전 SNS에서 '남성들은 모두 정치적 게이다'라는 표현을 읽고 머리가 찡하게 울리는 느낌을 받았다. 각종 사회단체에 만연한 남탕연대를 새롭게 패러프레이징(paraphrasing)한 수준이라고 보기엔 열두 음절로 꽤 많은 상황의 핵심을 정확히 꿰뚫어보고 있었기 때문이다. 정치적 영역에서 여성에게 할당된 자리는 고작 한 뼘 정도에 불과하다. 이것을 우리나라 여성들이 공공연하게 인지하기 시작했다는 게 느껴졌다.

그들의 지적처럼 남성이 진정으로 인정하는 것은 오직 동성의 인물뿐이다. 말을 일목요연하게 잘하고 싶다는 정치외교학과 여학생들이 '손석희 앵커처럼 되고 싶다. 나의 롤모델이다'라고 이야기하는 것은 봤어도, 남학생들이 '백지연 앵커처럼 되고 싶다'고 표현한 예는 찾기 힘들다. 남성이 '내 롤 모델은 힐

러리 클린턴이다', '마거릿 대처다', '아웅산 수지다', '메르켈 총리다'라고 이야기하는 것을 들어 본 적이 있는가? 반대로 여성이 유명한 남성 위인들의 이름을 거론하며 닮고 싶다, 존경한다 하는 것은 빈번하게 봐왔으리라.

남성은 아버지와 어머니 둘 중에서 아버지를 '선택적으로' 닮는다. 어머니를 자신의 롤모델로 받아들였다면 각종 집안일을 거드는 어머니를 보고 자신 역시 사적 영역의 가사활동에 적극 참여해야 한다고 인지했을 것이다. 그랬다면 남자 아이들도 또래 친구들과 소꿉놀이를 할 때 밥을 하고, 설거지를 하고, '여보 밥 차렸으니까 얼른 와서 먹고 해요'라는 대사를 날리며, 담요를 두른 인형 아이를 안고 어르는 행위를 자연스럽게 흉내 냈을 것이다.

남성이 남성만을 사랑하는 명백한 이유는 한 가지 더 있다. 바로 4천 년이 넘도록 유구하게 이어지고 있는 가부장제다. 역사 속의 남성들이 진정으로 어머니, 아내, 여성을 동격의 인간으로 존중하고 사랑하고 생각했다면 그들을 물건처럼 소유하고 지배하는 시스템인 가부장제를 진작에 뜯어고치려 했을 것이다. 자신들의 연대에 진심을 다해 '사랑하는 여성'은 끼워주지도 않는 게 도대체 무슨 사랑이란 말인가. 남성이 여성을 정말 사랑했다면 흑인 남성이 백인 여성보다 50년 먼저 투표권을 획득할 수 없었을 것이다. 인종보다 우선시 되는 것은 XY 염색체였던 것이다.

일베(일간 베스트)를 위시한 각종 남초 커뮤니티에서 여성을 겨냥한 혐오성 워딩이 쏟아져 나왔다. 일상생활에서도 공공연하게 사용됐다. 이때 누구 하나 앞장서서 '여자를 비하하지 말라', '욕하지 말라', '성별 대립 구도를 만들지 말라'고 목소리를 내지 않았다. 긴 침묵과 동조 속에서 간간이 "난 저런 남자는 아니야"라는 틈새 PR 소리만 들려왔을 뿐이다.

남성들이 진정으로 여성을 사랑했다면, 어째서 자신이 사랑하는 존재에게 쏟아지는 혐오와 멸시를 묵묵히 팔짱만 낀 채 방조하는 것이 가능했겠는가. 그들은 여성을 사랑하지 않는다. 마치 할리 퀸을 대하는 조커처럼 말이다.

| 남자를 사랑하다 |

반대로 여성은 남성을 사랑한다. 여성은 이성에게 자신의 가치를 확인받고 싶어하고, 남성은 동성에게 자신의 가치를 인정받고 싶어한다. 여성은 남성을 사랑하기 때문에 그들의 인권을 위해 기꺼이 목소리를 낸다. 남성의 군대 가산점에 대해 '2년여의 시간 동안 국가의 방위를 위해 고생했으니 그 정도의 혜택은 받아야한다'고 말한다. '요새 취업하기 힘들고 돈 벌기 힘든 건 여자 남자 성별에 관계없이 다 똑같아. 그러니까 여자도 반반 페이해야지', '남자들은 성욕을 참기 힘들다잖아. 그러니까 성매매를 합법화하자, 강간율도 감소한다잖아.' 이렇게 주장하는 이들의 반은 여성이다. 뿐만 아니라 사이버상에서 붙는 혐오성 미러링 표현에 대해 같이 분노해주기도 한다. 이런 방어와 공격성이 자동반사적으로 튀어나오는 것은 상대방을 '진정으로 사랑하고, 생각해주기' 때문에 가능한 일이다.

'휴롬의 민족'—아무리 외관이 현대 미적 기준에 맞지 않는 남성이라도 개성, 장점, 매력 등을 기필코, 반드시, 어떤 방식으로든 발견해 착즙기처럼 '착즙'을 해내고야 말기 때문—이라고 불리면서까지 남성의 열렬한 팬이 된다. 마동석에게 '뻐디 동석'이라며 애칭을 붙이고 이상형이라 이야기하는 20대 여성을 심심치 않게 볼 수 있다. 그러나 비슷한 연배(40대 중후반)의 문소리를 '뻐띠 소리'라고 부르며 이상형이라 칭하는 남성이 과연 얼마나 되던가? 심지어 객관적으로 문소리씨는 마동석에 비해 훨씬 외관적으로 뛰어난데도 불구하고 말이다.

| '주체적으로' 불행해지는 인간 |

"내가 원해서 수술하는 거야. 내가 느끼는 감정, 충동은 모두 주체적으로 결정된(발생한) 거야."

신체 학대 같은 무리한 다이어트를 하고 멀쩡한 생살을 찢는 수술을 감행하는 것, 매사 모두에게 친절해야 한다는 강박증을 가지고 살아가고 일정한 나이가 되기 전에 연애를 해봐야 한다거나 결혼을 해야 한다는 압박을 느끼는 것……. 현대 사회 속 여성들은 '나 스스로를 위하는 것'이라는 그럴싸한 명제 아래 자신을 학대하고 고문하는 행위를 하고 있다. 위에 나열된 문장들 앞에 '내가 원해서', '나를 위한', '주체적인'이라는 수식어를 붙여가면서 말이다. 하지만 어째서 '진정으로' 자신을 위한다는 행위가 우리를 우울과 좌절감에 사로잡히게 하는 걸까? 왜 우리는 다이어트에 성공한 후에도 마음 편히 수저를 들지 못할까? 원하는 곳에 보형물을 집어넣었음에도 어째서 다른 곳을 또 손보기 위해 고민을 하는 걸까? 주변 사람들의 비위를 맞추는 법은 '싹싹하게' 잘 캐치함에도 불구하고, 어째서 정작 본인의 기분을 파악하고 달래거나 위로하는 방법은 모르는 걸까?

등 떠밀리듯 '괜찮아 보이는 사람'과 연애, 섹스 그리고 결혼을 했지만 왜 대중매체 콘텐츠 속 주인공들처럼 "그리하여 둘은 오래오래 행복하게 살았습니다. Happy Ending!"을 맞이하지 못하는 걸까?

가부장이 '윤허하는 여성'의 바운더리 안에 바득바득 머리를 들이미는데 주체적으로 성공한 여성들은 어째서인지 행복해 보이지 않는다. 왜 그런지 자세히 들여다보니 그들은 가부장이 하사한 '허용 가능'이라는 인증마크를 수동적으로 받았을 뿐이기 때문이다. 본인의 퍼포먼스를 발휘하여 정치적 사회적 경제적 영역에서 스스로 성취하는 지위나 명예와는 개념 자체가 다르다. 그들이 주체적으로 행동하여 얻은 것이 적극적 주체도 아닌 고작 수동적 객체의 입장이라니, 뭔가 아이러니하다.

"제가 원해서 야근하는 거예요." 주체적인 말단 직원의 선택에 함박웃음을 짓는 쪽은 누구일까? 사장님? 아니면 말단 직원? "제가 원해서 세금을 작년보다 10퍼센트 더 냈어요. 국회의원들 나라를 위해 일하면서 고생하시는데, 월급 좀 더 받으시라고요." 주체적인 소시민의 선택에 흐뭇한 미소를 입가에 머금는 쪽은 어디일까? "제가 원해서 주인님 댁에 계속 머물고 있어요.

지난달에 선교사가 와서 부당한 노예 계약서를 파기해주고 고국으로 돌려보내 준다고 했지만, 그동안 주인님 밑에서 열심히 일하다보니 저도 모르는 새에 정이 들어서요." 주체적인 노예의 선택에 확신에 차 고개를 주억거리는 인물은 대체 누구일까?

진정으로 성실한 직원이라면 회사를 제 사업체처럼 생각하며 사장 마인드로 밤낮 고군분투해야 하는 것이다! 진정으로 나라를 생각하는 국민이라면 모두를 대표해 제 몸 아끼지 않고 소처럼 일을 하는 국회의원들의 발전을 위해 기꺼이 세금을 더 내야 하는 것이다! 진정한 노예는 주인이 죽으라고 하면 죽는 시늉까지 해야 하는 것이다!

진정한 여자라면……!

"주체적으로 적금을 깨고 코와 가슴 성형을 했어요. 예뻐지려면 어느 정도 부작용은 감수해야죠."

"주체적으로 예쁜이 수술을 했어요. 남편의 사랑을 잃지 않으려면 이 정도 노력은 필수죠."

"주체적으로 매일 아침 출근시간 최소 2시간 전에 일어나 머리끝부터 발끝까지 풀 세팅해요. 준비되지 않은 여자의 맨 얼굴은 예의가 아니니까요."

"주체적으로 연애를 시작했어요. 제 기준에 부합하는 사람은 아니지만 이 나이 먹도록 경험이 없는 건 부끄러운 일이니까요."

"주체적으로 고가의 화장품을 사 모으고 있어요. 신상으로 가득 찬 제 화장대를 보면 행복하거든요."

"주체적으로 남편을 안마 시술소에 보냈어요. 남성은 성욕을 주기적으로 풀어줘야 하는데, 제가 산달에 가까운 몸이라서요."

"주체적으로 섹스 중엔 남자가 사정할 때까지 아무리 아파도 참고 있어요. '섹스 몇 번 했느냐'의 기준은 저의 오르가슴 횟수가 아니라 남자친구의 사정 횟수니까요."

"주체적으로 콘돔 착용을 하지 않아요. 피임약이 여성의 몸에 끼치는 부작용이 발견되고 있고, 성병이 옮을 위험도 있지만, 남자들은 고무장갑 끼고 코 파는 느낌이라고 싫어하잖아요. 남성을 잠자리에서 만족시키지 못하는 여자는 매력 없다고 생각하거든요."

"주체적으로 갈비뼈를 부러뜨리고 코르셋을 찼어요. 18인치 이하의 허리 굴곡이 아름다워 보여서요."(19세기 여성 몸매 보정용 속옷)

"주체적으로 제 딸의 발을 천으로 꽁꽁 싸매고 있어요. 10센티가 넘지 않는 아담한 발을 가져야 앞으로 이 아이의 앞날이 술술 잘 풀릴테니까요."(중국 송나라 시대의 전족 풍습)

"주체적으로 제 딸아이의 성기를 절제*했어요. 순결함의 상징이니 좋

---

* 성 할례는 성년의식 중 하나로 여성 성기의 음핵 포피만을 제거하는 시술에서 포피, 음핵, 소음순을 모두 제거하는 시술까지 다양하다.

은 집으로 시집가 행복한 여자의 삶을 살 수 있을 거예요."(아프리카와 중동의 28개 나라에서 4천 년 전부터 행해진 풍습)

"주체적으로 제 등에 홈을 파서 줄을 꼬맸어요. 마리오네트 인형이 되는 건 멋진 일이니까요."

여성이 불행한 이유는 자신들을 억압하는 구조가 아니라 그 속에 '제대로' 부합하지 못하는 자신을 향해서 손가락질하고 있기 때문 아닐까.

Ⅳ.

킬 미, 쓰릴 미

◦ KILL ME 킬 미 ◦

나는 최선을 다해 그녀를 죽였다. 만일 내가 법정에 서야 한다면, 내 행동은 정당방위였다고 변명하리라. (…) 집안의 천사를 죽이는 것은 여성 작가의 직분에 포함되는 일이었다. 이제 천사는 죽었다. (…) 이제 젊은 여자는 자신에게서 허위를 제거했으므로, 앞으로는 그저 그녀 자신이기만 하면 된다.

– 버지니아 울프, 『여성의 직업』

ı 서툰 죄인 ı

이런 꿈을 꾸었다. 꿈속에서 나는 한 아이의 엄마로 등장했다. 현실에서 아이를 낳고 길러본 경험이 없는 나는 꿈속에서도 역시 엄마로서는 서툰 모양이었다. 제 목도 제대로 가누지 못하는 아이를 탁자 위에 홀로 앉혀 놓고 어딘가 잠시 볼일을 보러 간 사이 아이가 바닥으로 떨어졌다. 빼액- 하고 터져 나오는 울음소리에 심장이 땅끝으로 빨려 들어가는 느낌을 받으며 부리나케 딸이 있던 곳으로 달려가 보니 여기저기 생채기가 난 아이가 홀로 바닥에 나동그라져 있었다.

이 상황을 어찌해야 할까. 놀라고 다급한 마음에 경황없이 우선 아이를 품에 끌어안고 다독이기 시작했다. 몰랐어, 정말 그게 너를 다치게 하는 일인지 몰랐어. 미안해. 미안해. 자괴감이 독극물처럼 온 몸으로 천천히 퍼져나가고 있었다. 무지와 부주의로 아이를 다치게 한 자신이 너무나 원망스러웠다. 아이의 얼굴에 내 얼굴을 파묻고 눈물만 뚝뚝 쏟아냈다. 가슴이 답답해졌다. 나는 왜 이 작고 여린 것을 제대로 돌보지 못했을까? 누구도 알려주지 않았으니까. 어떻게 작은 아이를 다뤄야 하는지, 어떻게 하면 좋은 엄마가 될 수 있는지 알려준 사람은 아무도 없었으니까. 그러니까 이건 내 잘못이 아니다. 이건 내 잘못이 아니야…….

아니,

아니다.

이건 명백히 내 잘못이다. 이것은 완전한 나의 과실이다. 나는 죄인이다. 내가 죄인이다….

가슴이 턱 막히는 느낌과 함께 숨을 몰아쉬며 악몽 같은 잠에서 깨어났다. 베갯잇이 축축하게 젖어 있었다. 이것이 꿈인가 생신가 긴가민가하여 몸을 벌떡 일으켜 익숙한 방을 이리저리 둘러봤다. 다행히 나는 혼자였다.

이 죄 많고 위험한 세상에 아이를, 그것도 여자 아이를 낳는 불찰은 저지르지 않았구나. 나는 안도의 숨을 짧게 내쉬며 가슴을 쓸어내릴 수 있었다.

놀란 마음을 달래고자 침대 한쪽 편에 몸을 동그랗게 말고 있던 갈색 고양이를 끌어당겨 품에 안았다. 그 동그란 이마를 손으로 가만가만 쓸어넘기는데 문득 묘한 감정이 훅 끼쳐왔다. 우울한 꿈에 강렬한 직감—꿈에서 자식에게 무심한 엄마로 등장했던 이, 아무것도 모르는 작은 딸로 등장했던 이도 모두 '나' 자신이었다는 사실—이 나를 덮친 것이다.

| 통조림 같은 인간 |

'멘탈'이란 라벨이 붙어있는 글라스에 위태로운 수위로 찰랑거리던 인내심이 넘쳐흐르기 시작한 것은 사실 별 대수롭지 않은 소소한 일 때문이었다. 톡 하고 가볍게 나를 스쳐지나간 질문 하나가 그동안 어찌어찌 균형을 유지해왔던 정신적 지반을 일순간에 와르르 무너뜨린 것이다. 사실 이제 와 생각해보면 그 사건은 '내가 모든 것을 버리고 떠나기 위한' 여러 구실 중 하나에 불과했지만.

사건의 전말은 재작년 여름으로 거슬러 올라간다.

휴가철을 맞아 여행 장소를 물색하다가 우연히 접속한 사이트에서는 나에게 꼭 맞는 신박한 여행 루트를 추천해준다며 여러 가지 질문을 던지기 시작했다. 처음엔 '그동안 몇 개국을 여행했느냐, 어디 대륙을 가봤냐' 등의 무난한 질문 일색이었다. 모니터 앞에서 턱을 괜 채 심드렁하게 몇 개의 질문들에 간단히 답을 마치고 마지막 페이지의 NEXT 버튼을 누른 순간이었다.

"Describe Personalized Experience You Expect."

화이트 아웃, 질문을 본 순간 잠시 내 머릿속은 화면 속의 공란처럼 하얗게 비워졌다. 조금의 잡음도 섞이지 않은 완벽한 진공 상태가 찾아온 것이다.

이상한 일이었다. 분명 졸업 전 한창 취업 준비에 골몰할 때는 각 회사별로 이력서 질문지 사이사이에 매복시켜 놓은 복병—미처 생각지 못했던 질문—이 튀어나와도 자소서계의 알파고처럼 오차 없는 이상적인 정답 값을 툭툭 뱉어내는 것이 가능했다. 그런데 '왜 여행을 가는가'나 '여행지에서 구체적으로 어떤 경험을 해보고 싶은가'라는 질문에는 간단한 문장 하나 조차 제대로 완성할 수 없었는지. 내가 그런 인간이었다는 사실이 새삼 놀랍게 느껴졌다. 아니, 솔직히 말하자면 그 감정은 절망에 더 가까웠다.

몇 번이고 첫 문장의 주어를 썼다 지웠다만 반복하다가 이내 모든 키보드 타이핑을 멈추고 진지하게 스스로를 향해 다시 질문을 던지기 시작했다. 네 인생에서 어떤 이벤트가 일어나길 바라느냐고.

누군가 흘깃 지나가며 바라보기엔 평범하고, 무해하고, 지극히 안정적이어 보이는 인생길에서.

"껍질은 벗어버리고 뼈만 남은 채 춤추며 돌아다니는 건 죄가 아니야."

- 애드거 레슬리

탄산 빠진 콜라처럼 푸시식거리는 소리가 저 깊은 곳에서 파리한 미역처럼 흐물흐물 피어올랐다. 대학생 때는 지나가던 누가 슬쩍 운만 띄워도 하루 밤을 꼬박 새워가며 이야기할 거리가 있었는데, 직장인이 된 지 어언 2년여 만에 모든 것을 흔적도 없이 까맣게 날려먹은 셈이다. 어쩌면 잦은 야근과 회식 등 개인적인 성장과는 어떤 연관성도 찾아볼 수 없는 일들에 치여, 스스로에 대해 질문을 던지는 게 귀찮아서 일지도 모른다. 나를 돌보는 행위 따위는 현실적인 수익 창출과는 일말의 관련도 없는, 가치 없는 일이라고 느끼게 되었거나. 똑같은 질문에서 몇 분째 벗어나지 못했다. 공란 속에서 홀로 지칠 기색도 없이, 부지런히 깜빡이고 있는 커서를 물끄러미 바라보았다.

결국 뻔하고 재미없는 인간이 되어버렸구나, 나도.

바다가 아니라 마트의 통조림 코너에나 어울릴법한 인간이 되어버린 거야.

| 어둠 속으로 |

나는 행복해지고 싶었다. 이 얘기를 아침 일기장에 몇 번이나 적었는지 모른다. 하지만 행복할 수 없었다. 나는 그것이 나의 문제라고 생각했다. 책임의 화살을 본인에게 겨누는 것. 자기 자신이라는 과녁은 어찌나 조준하기 수월하던지. 하지만 내가 아닌 누군가, 또는 무언가를 겨냥하기 위해선 자기 확신이 먼저 바로 세워져야 한다. 그래야 떨지 않고, 흔들리지 않고 정확히 활시위를 겨눌 수 있기 때문이다. 자기 부정만 학습해 온 이들에겐 분명 어려운 일이다.

행복이 밝고 빛나는 것인 줄 알았다. 화려하고 예쁘거나 환하게 빛나는 것. 호의, 사랑받는 느낌…. 브라운관 속에서 흘러넘치는 행복의 이미지를 자체 검열 없이 그대로 수용했기 때문이다. 난 그 이미지 자체가 되고 싶었다. 그래서 그것들에만 집

malva

중했다. 어떻게 하면 그 이미지 속에 들어갈 수 있을지 골몰했다. 내 몸과 정신은 수단이 되었다. 끼워 맞춰야 할 다듬어지지 않은 토막이 되었다.

어둠은 무엇인가? 실체를 잃는다. 시야를 잃는다. 의지할 수 있는 것은 영혼의 감각뿐이다. 밖에서 들리는 소리를 판단할 나의 오감, 육감이다. 한 번도 신뢰하지 않았던 소리다. 빛을 만들어 내고 유지하는 소음에 묻혔던 소리들이다. 두렵다. 하지만 나를 믿어야 한다. 그것은 빛이 아니라, 신뢰할 만한 더 깊은 어둠 속으로 안내할 것이다.

나는 기꺼이, 어둠 속으로, 빛들의 지옥 속으로 걸어 들어간다.

| 그녀 죽이기 |

나는 여러 개의 조각으로 나뉘어 있었다. 환경은 완벽하게 나를 통제하고 지배했다. 이 사회의 이상적인 여성의 조건에 완벽하게 부합하는 것은 내 인생의 주인공이 되기 위한 전제조건이자 목표였고, 동시에 나를 쫓는 두려움이 되었다.

사회는 내게 양립 불가능한 두 가지 모순적 요구 사항들을 동시에 달성해 '존재 가치를 증명할 것'을 요구했다. 나는 무수한 이중 메시지 속에 갇혀 지난 세월 동안 몸과 마음을 쉼 없이 검열하며 지내야 했다. 스스로를 피고인석에 앉혀 놓은 동시에 완벽히 사회화가 된 또 다른 자아를 배심원석에 앉혀 놓았던 셈이다. 나는 누군가에게 판단되는 타자였으며, 나를 향해 선고를 내리는 주체이기도 했다. 그런 심판 과정에서 유일하게 할 수 있었던 것은, 모든 조항에 들어맞을 수 있도록 나를 조각조각 가르는 일이었다. 때문에 끊임없이 내 정체성, 몸과 화합하지 못했다. 이는 허무함과 외로움을 야기하는 주범이 됐다. 나는 나를 사랑할 수 없었다.

"당신이 공허한 이유는 사랑이 부족해서, 자존감이 부족해서예요." 배심원들은 감정적 허기의 원인을 '나'라고 지목했다.

나를 살리기 위해 제일 먼저 손을 댔던 일은 다른 이들의 손에 이끌려 기성품처럼 완성되어 있던 내 안의 '나'를 죽이는 일이었다. 그들이 세운 이중적 기준의 지표들을 박박 찢고, 그들이 낸 문제지에서 높은 점수를 받고자 버둥거리지 않는 일이었다. 내게 제 멋대로 씌운 안경을 땅바닥에 내팽개친 후 아직은 흐릿한 초점의 육안으로 직접 세상을 바라보는 것이었다.

◦ THRILL ME 쓰릴 미 ◦

오랫동안 나는 진정한 삶이 곧 시작되리라고 믿었다. 그러나 내 앞에는 언제나 온갖 장애물과 먼저 해결해야 할 일들이 있었다. 아직 끝내지 못한 일들과 바쳐야 할 시간들과 갚아야 할 빚이 있었다. 그런 다음에야 삶이 펼쳐질 것이라고 나는 믿었다. 마침내 나는 깨닫게 되었다. 그런 장애물들이 바로 내 삶이었다는 것을.

- 알프레드 디 수자

| 나와 해야 할 일들 |

지난 20여 년간 내 몸과 불화했던 나는 조각난 모습을 다시 이어 붙일 계획을 세우기 시작했다. 조금씩, 서두르지 않고 나의 조각들에게 말을 걸 예정이었다. 그녀가 자신에게 가장 잘 맞고 편안한 옷을 입을 수 있도록 말이다. 우선 To do list(해야 할 일들)와 Not to do list(하지 말아야 할 일들)를 정리하기 시작했다.

To do list는 비교적 쉬웠다. 무작정 떠오르는 '하고 싶은' 혹은 '재밌어 보이는' 모든 일을 하나하나 노트로 옮기기만 하면 됐으니까. 단, 다른 사람들의 시선 및 사회적 인식을 배제한 채 최대한 나의 기분과 기호에만 초점을 맞춰서, 다른 누군가의 동행 없이 오롯이 나 혼자서만 할 수 있는 일들로만.

혼밥은 질색하던 내가 홀로 장을 봐서 그날그날 기분에 따라 먹고 싶은 요리를 직접 만들었다. 아침 일찍 일어나 반쯤 감긴 눈으로 아보카도를 으깨는 일, 알맞은 온도로 구워진 토스트 위에 버터를 바르는 일, 주방 가득 퍼지는 커피를 내리는 일…. 날씨에 따라 기호에 적합한 음악을 블루투스 스피커로 틀어놓고 창밖을 바라보며 토스트 한입 베어 물기.

비가 내리는 아침엔 자욱하게 물안개가 내려앉은 지평선에 잠긴 작은 집들을 바라보며 아침을 먹었다. 이렇게 비가 내리는 오전엔 막 버터를 녹여 바른 빵과 커피를 마셔야 한다는 것을 배웠다. 커피는 아주 뜨거운 롱 블랙이어야 한다. 입술을 동그랗게 오므리고 한참을 후후 불어 식혀 마셔야 하는 정도의 온도여야 제 맛이 나기 때문이다. 함께 먹으면 정말 맛있는 것들, 분위기와 빵 그리고 뜨거운 롱 블랙.

주말 마켓에 나가 빈티지 제품 구경을 다녀도 보고, 미술관마다 열리는 전시회를 극성 마니아처럼 쫓아다니고, 헌책방의 책장 사이를 헤집고 다니며 누군가의 손이 탄 책장을 넘겨보았다. 새 노트와 펜을 사서 글을 써 내려가기 시작했다. 어느 날 우연히 들르게 된 서점에서 구매한 줄리아 카메론의 『아티스트 웨이』를 다시 펼치고선 모르는 단어와 표현들에 밑줄을 그었다. 달빛이 환한 날에는 마당으로 나가 자갈돌을 밟으며 마음에 드는 구절을 소리 내어 낭송해보기도 했다. 어느 날엔 동네 화방에 들러 드로잉북을 사 들고 무작정 바닷가로 향하는 기차를 타기도 했다. 누군가에게 자랑하듯 보여주기 위해서가 아니라, 내 기분을 위해 그림을 그리는 것이 꼭 십 년만이었다.

텅 빈 거실에서 노래를 크게 틀어 놓고 마음껏 춤을 췄다. 비가 내리는 날엔 발코니로 나가 비를 맞으며 노래를 흥얼거렸다. 오가며 눈도장을 찍어 두었던 카페와 레스토랑에 들러 천천히 분위기와 음식을 음미하며 하염없이 창밖을 응시하기도 했다. 누군가와 바쁘게 대화하며 삼켰을 땐 몰랐던 오묘한 맛과 미세한 질감이 음식에서 느껴졌다.

아침에 눈을 떠서 커튼을 열어젖히고 햇볕을 확인한 다음, 비키니를 챙겨 들고 Coogee Beach로 달려가는 일상이 새롭게 반복되기 시작했다. 여성만 입장이 가능한 누드 비치에서 몸에 실오라기 하나 걸치지 않은 알몸으로 쏟아지는 햇볕을 담뿍 받았다.

바다의 가장자리로 이어져있는 절벽 밑이 흘러 넘쳐온 바닷물로 가득 찬 수영장으로 다이빙을 했다. 고글을 끼고 깊이 잠수를 하면, 파도와 함께 엉겁결에 넘어온 물고기들과 수영하는 멋진 순간을 경험할 수 있기 때문이었다. 자그마한 녀석들은 금방이라도 손에 잡힐 것처럼 가까이 다가와 꼬리를 흔들다가도 정작 손을 뻗으려하면 어느새 꽁무니를 내빼고 저만치 떨어지곤 했다. 정 없이 줄행랑칠 때는 언제고 우리 사이에 어느 정도 안전거리가 확보되고 나면, 내가 어떤 표정을 짓고 있는지 궁금한 듯 샐쭉 뒤를 돌아보곤 하는 놈들이었다. 그곳에서 잠수도 하고, 자유형도 하고 이리저리 배영을 하며 물에서 첨벙거렸다.

이내 햇볕이 그리워져 바위 위로 올라가 초록빛과 푸른빛이 오묘하게 어우러져 넘실거리는 파도 곁에 몸을 누이곤 했다. 그곳에서 행복이라는 감각은 왼쪽 가슴께에서 시작되기도 하고, 명치끝에서 밀려오기도 한다는 것을 배웠다. 대나무 숲에 이는 바람 소리를 내며 온몸으로 퍼져나가는 그 감각. 온몸의 세포들이 바다에 이는 파도 거품처럼 한없이 부드러워지고, 유연해지고, 뭉글뭉글해지고, 파스스 소리를 내며 스러져간다. 내가 태어나서 행복이라는 존재를 감각적으로 이처럼 자주 느낄 수 있던 때가 있었나? 또다시 밀려온다. 저 먼 지평선으로부터 끊임없이 밀려와 나를 덮친다. 이 거대한 감각 앞에서 나는 완전 무장 해제된 채 무기력하게 휩쓸려갈 따름이다.

| 소독 |

매일 조금씩 글을 끄적거리는 버릇은 멜버른에 있을 때 생겼다. 붙잡고 하소연할 수 있는 상대가 없다 보니 스스로에게 말을 걸기 시작한 것이다. 처음에는 감상에 젖을 때만 간헐적으로 SNS에 포스팅을 했는데, 줄리아 카메론의 『아티스트 웨이』란 책을 통해 모닝페이지의 존재를 알게 된 후부터 매일 나의 감상과 생각을 노트에 기록하기 시작했다. 1개월 정도가 지나자 브런치에 글 한 토막을 업로드하는 일이 예전만큼 어렵지 않게 되었다. 꽝꽝 굳었던 손이 조금씩 예열되기 시작한 덕이었다.

글을 쓰는 과정은 '생각의 바리게이트'를 치는 과정이기도 했다. 사회의 각종 기준은 세상 사람들의 생김새처럼 다양할 뿐만 아니라 다분히 가부장 중심적으로 편성되어 있었다. 그래서 스스로를 물화시키고 투사하며 에스컬레이터를 타고 올라가듯 분노의 감정을 키우지 말자고 다짐하게 된 것이다. 그들의 안경을 쓰고 나를 바라보지 말고, 맨 두 눈으로 나를 바라보고 그대로 받아들이는 연습을 글쓰기를 통해 했다. 흔들리지 않고, 한때 흔들릴지라도 끝내 나의 존엄성을 스스로 지켜내는 것. 이 '소독' 과정의 궁극적인 지향점은 남의 평가에 자신을 위탁하지 않고 객관적 자아를 확립하는 일이었다.

여성학자 정희진은 다음과 같이 말했다. “안다(know)는 것은 상처받는 일이라고 생각한다. 안다는 것, 더구나 결정적으로 중요하기 때문에 의도적으로 삭제된 역사를 알게 된다는 것은, 무지로 인해 보호받아 온 자신의 삶에 대한 부끄러움, 사회에 대한 분노, 소통의 절망 때문에 상처받을 수 밖에 없는 일이다.” 나 역시 글을 쓸수록 매일 조금씩 더 부끄러워지고, 더 상처받았다. 몸과 정신이 그저 유린당하고, 선동당하고, 조종당하는 마리오네트에 불과했다는 사실을 인지하고 받아들이는 것은 쉬운 일이 아니었기 때문이다.

하지만 시간이 흐를수록 이 행위는 단순한 ‘자해’가 아닌 ‘소독’ 과정이라는 것을 깨달았다. 무작정 덮어 놓고 지나쳐 곪을 대로 곪아 있는 상처에 빨간약을 바르는 행위였던 것이다. 처음엔 따갑고 아프겠지만, 공기 중에 노출된 상처엔 머지않아 딱지가 앉을 것이다. 회복의 시작이다.

| 나와 하지 않을 일들 |

이상화되고 대상화된 여성의 이미지를 담은 미디어를 멀리할 것.

이런 이미지와 마주친다면 최대한 관심을 갖지 말 것.

자신을 미디어의 여성 이미지와 비교하지 말 것.

팻 토크(fat-talk)를 하지 말 것.

심지어 그 주변에도 있지도 말 것.

다른 여성의 부정적인 보디 토크(body-talk)를 부추기지 말 것.

다른 여성의 외모에 대해 말하지 말 것.

신체 모니터링을 요구하는 옷을 입지 말 것.

외모 위주의 SNS에 중독되지 말 것.

- 러네이 엥겔른, 『사랑은 사치일까』

Not-to-do list는 러네이 엥겔른이 말한 '절대로 자신에게 하지 말 것들' 목록을 참고했다. 그녀의 말처럼, 내 몸을 하고자 하는 일을 수행해주는 능력의 종합체로만 인지하고자 노력한 것이다.

제일 먼저 한 일은 '몸무게 재지 않기'였다. 호주에 온 뒤 주식이 바뀌어 다소 늘어난 몸무게 때문에 매일 강박적으로 웨이트와 유산소 운동을 하며 몸무게를 달아보는 버릇이 생겼던 참이었다. 사실 미국에서 교환학생을 할 당시에도 비슷한 숫자 강박을 겪었다. 그때 태어나 처음으로 체중계 숫자가 60kg을 찍었다. 키가 165cm이니 정상 체중 범위에 있는 수치였음에도 불구하고 '엄청난 사건'으로 다가왔다. 신입생 시절까지 금기의

50kg를 넘겨본 적이 없던 탓이었다. 흔히 브라운관을 통해 접하는 아이돌이나 셀럽들이 수수깡처럼 마른 몸으로도 '요새 살 쪘다'며 넋두리를 하는 모습 등을 그대로 내면화한 결과였다. 귀국 전 석달 간은 말 그대로 교내 체육관에서 '지옥의 다이어트'를 감행했다. 한국에서 온 남자 유학생들이 여행을 떠날 때, 나는 같은 시간을 체육관 트레이드 밀 위에서 보낸 셈이었다.

그때의 기억을 떠올리며 다시는 내 몸에 '체벌'을 내리는 행위로 시간을 보내지 않으리라 다짐했다. 그것은 자기계발도 아니며 더 나은 미래를 위한 투자도 아니라는 것을 이미 경험해 알았기 때문이다.

체중감량을 목표로 타이트하게 짜여진 운동 스케줄을 버리고 오직 내 몸에 맞는 새로운 루틴과 종목을 연구하기 시작했다. 운동 목표도 '50kg까지 몸무게 줄이기'에서 '하루 종일 활력을 느낄 수 있는 모먼트 만들기', '내 몸이 건강하다는 긍정적인 피드백을 주는 운동을 하기'로 바뀌었다.

식사 패턴도 자연스럽게 변하기 시작했다. 음식의 순간적인 맛에 초점을 맞추기보다, 음식물 섭취 후 몸과 감정의 변화를 살피기 시작했다. 음식을 다량 섭취함으로 얻는 위의 포만감이 아니라, 음식을 먹고 난 후의 기력 및 스테미너 회복 속도에 초점을 맞췄다. 식사를 할 때도 '이 음식을 먹으면 더 살이 쪄서 남들 눈에 덜 매력적으로 보이겠지?' 하며 외부의 시선을 염두에 두지 않았다. '이 음식을 먹었을 때 내 몸이 어떻게 반응할까? 소화가 잘 될까? 더 기운이 날까, 아니면 더부룩할까? 슈거하이(Sugar High) 현상처럼 잠시 기분이 좋아지는 듯하다 다시 우울해지지 않을까?' 몸과 기분이 시시각각 어떻게 반응하는가를 토대로 '나'와 대화했다.

식습관이 변하자 식욕이 생리주기에 따라 폭발하거나 아예 입맛이 사라지는 등의 불상사는 더 이상 일어나지 않았다. 심지어는 만성으로 시달리던 생리통이 완화되는 현상을 경험했다.

각종 이미지들로 점철되어 있는 SNS를 멀리하기 시작했다. 그러자 자연스럽게 내 몸 뿐 아니라 일상에서 스치거나 마주치는 사람들의 옷차림이나 외관에 대해서도 자연스럽게 무관심해지기 시작했다. 현미경 앞에서 동식물을 해체하듯 머리끝부터 발끝까지 조목조목 남을 평가하던 시선과 의식이 얼마나 무의미하고 에너지 소모적인 일이었는지 깨닫게 된 것이다.

| 무죄 선고 |

이 사회가 나에게 원하고 바랐던 모습이 아닌, 스스로 편안하게 느끼는 내 모습을 찾기 위해 철저하게 혼자가 되었던 시간들. 내 안의 그녀의 생각을 묻고, 들어주고, 공감해주고, 존중해줬던 때. 어느 순간부터인가 아무 조건 없이도 평상시 모습 그대로 내 인생의 중심에 설 수 있게 되었다. 로맨스 영화나 드라마에 나오는 주인공처럼 완벽하게 사랑스럽고 매혹적인 외관과 캐릭터를 갖추지 않고도 나의 '진짜' 인생 플레이 버튼을 누를 수 있게 된 것이다.

자신만의 주관을 가지고, 목소리를 내는 삶은 분명 외롭고 쉽지 않은 길일 것이다. 불편함과 억울함에 대해 입을 닫는다면 남들이 보기에 평화로운 연애, 안정된 결혼 생활, 웃음만 가득한 인간관계를 얻을 수 있을지도 모른다. 누군가의 침묵은 누군가에겐 평화나 마찬가지이니까. 투쟁과 다툼, 치열한 자기 성찰이 부재한 삶은 오히려 세상의 눈엔 행복하고 안전해 보일 테니까.

우리는 '특별하다'는 표현은 좋아하지만 '유별나다'는 말은 꺼려하기 때문에. '눈치가 빠르고, 분위기를 잘 맞추는' 사람은 사랑을 받지만, '자기의 생각을 눈치 보지 않고 소신껏 내뱉는'

이는 뭇사람의 눈총을 받는다는 것을 잘 알고 있기 때문에. "너한테는 무슨 말을 못 하겠다. 그렇게 예민해서 일상생활 가능해?"라는 말을 듣는 것은 마음이 편하지 않으니까. "네가 문제적이라고 지적한 사건은 '특정한 소수'가 겪는 일이지, '불특정 다수'가 겪는 일은 아니야. 너 역시 그 다수의 범위에 포함되는 사람이니 구태여 소수자들을 대신해 이렇게 분개할 필요는 없잖아?"라는 말을 자주 듣게 되리라는 것을 경험을 통해 알고 있기 때문에.

그럼에도 내가 나에 대해, 그리고 내가 속한 집단에 대해 이야기하기를 멈추지 않는다면? 젠더의 위계서열과 남성 중심 사회에 대한 이야기를 스스럼없이 꺼낸다면? 사회적으로 맺는 관계를 망치는 것보다 소신껏 발언하지 못하는 삶을 더 경계한다면? 친절하게 다른 이들의 시선과 구도 속으로 걸어 들어가길 거부한다면? 남들의 사랑을 잃는 것보다 자신의 의견을 잃는 것을 더 두려워하며 살아간다면? 세상이 나에게 씌운 안경을 벗고 배심원석에서 박차고 나온다면? 기득권자의 기쁨조가 되길 희망하는 것을 바보 같은 짓이라고 생각한다면?

○ 갑분싸

○ 프로불편러

○ 우는 암탉

○ 트러블메이커

○ 짖는 개

○ 우는 아이

○ 페미니스트

○ KILLJOY

라는 이름으로 불리게 될 것이다.

나는 사랑받는 삶 대신 나의 삶을 택하기로 결정 내렸다. 의존적인 행복 대신 주체적으로 고민하는 삶을 택한 것이다. 나는 더 이상 내 인생 그리고 타인 인생의 배심원도, 피고인도 아니다. 어제까지 억울한 표정으로 자신의 무죄를 주장하던 피고인은, 내일의 KILL JOY, 프로불편러, 갑분싸, 짖는 개, 우는 아이가 되어 누군가의 평화에 끊임없이 크고 작은 돌을 던지기 시작할 것이다. 다른 이들이 던진 돌에서 퍼져나가는 파문의 원이 겹치고 또 겹쳐져, 누군가들만의 배타적인 잔잔한 호수를 요란스럽게 뒤흔들어 놓을 때까지 말이다.

| 핸들을 꺾는 순간 |

정신을 차려 보니 나는 톨게이트가 몇백 미터마다 하나씩 들어서 있는 꽉 막힌 고속도로 위에 반쯤 포기한 심정으로 앉아 있었다. 바로 몇 차선 옆에는 상대적으로 트래픽이 덜한 도로가 있었지만, 생물학적 XX인 나는 진입 자격이 없는 것 같아 감히 욕심을 내지 못했다.

차들이 굼벵이처럼 기어가는 혼잡한 길. 간간이 들려오는 클랙슨 소리와 욕지거리를 배경음악 삼아 도로 위로 아물아물 피어오르는 아지랑이만 멍하니 바라보고 있을 때였다. 누군가 별안간 운전석 문을 벌컥 열고 나를 끌어내렸다. 그리고 그 자리에 몸을 구겨 넣듯 올라타 운전대를 쥐는 것이 아닌가. 이게 웬 아닌 밤중에 홍두깨인가 싶어 황당한 표정으로 쳐다봤더니, "뭘 멀뚱하게 그러고 서 있어? 빨리 옆에 타"라며 조수석을 향해 까닥 고갯짓을 한다. 이 상황을 어찌 타개해야 하나 잠시 내적 고민을 하는 사이, 뒤로 길게 늘어선 차들 사이로 클랙슨 소리가 시끄럽게 울려 퍼지고 있었다.

"아, 거기 아가씨 둘 뭐하고 있어! 갈 거야 말 거야!"

"저기, 왜 갑자기 저한테 이러는지는 잘 모르겠…… 으악!"

일단 조수석에 올라탄 내가 운전석에 뻔뻔하게 자리 잡고 있는 초면인 이방인을 향해 무어라 말을 건네려는 찰나였다. 바퀴의 표면이 갈리듯 끼이익 하는 마찰음과 함께 핸들이 팍 꺾였다. 얌전히 앞으로 직진만 하던 바퀴가 급커브를 틀어 차선을 이탈한 것이다.

정신을 차렸을 때 이미 내 차는 멀찍이서 쳐다보기만 하던 '지정차 전용 도로' 위였다. 교통 체증이 없는 길 위로 들어선 차는 액셀러레이터를 밟자 부드럽게 속력을 높이기 시작했다. 항상 30km 정도의 속력만 내는 것이 전부라고 생각했던 내 자가용도 더 높은 속력도 무리 없이 낼 수 있는 놈이었구나. 귓가를 스쳐 지나가는 바람결을 느끼며 괜스레 미안한 감정에 휩싸이게 되었다.

그렇게 얼마나 달렸을까. 한적해진 국도 갓길 위에서 차가 멈췄다. 막무가내였던 이방인은 드디어 운전대에서 손을 떼며 처음으로 나와 시선을 마주쳤다.

"이제 저 앞은 몇 갈래의 길로 갈라져 있어. 어디로 가야 지름길이고, 어디로 가야 탄탄대로인지는 알려줄 수는 없다. 네 인생이니까. 그러나 이제는 네가 가고 싶은 어디든 갈 수 있어. 어디로 닿게 되던, 일단 가 봐. 날씨도 좋잖아. 네가 가는 길에 별이 쫙 깔렸어."*

나는 다시 운전석에 올라타 끝없이 펼쳐진 지평선을 향해 수십 갈래, 수백 갈래로 갈라져 있는 길들을 바라본다. 어느 길로 가야 안전한 것인지 어느 길을 타야 더 성공적일지는 아무도 모른다. 생각 없이, 사고를 정지시키고 꽉 막힌 고속도로 길만 따라가는 것이 속은 더 편했을지도 모른다.

하지만 다시 그 길로 되돌아가고 싶진 않다. 그 길에선 단 한 번도 운전하는 것이 즐겁지 않았으니까. 이제는 조금 다르다. 가는 길에 바퀴에 펑크가 날 수도, 기름이 다 떨어져가는 와중에 주유소를 못 찾을 수도, 잠복해있던 자율방범대원들의 습격을 받을지도 모른다.

위험의 가능성만큼 새로운 기회도 함께 얻었음을 알고 있다. 멀고 먼 길, 우연히 같은 목적지를 향하는 동료들을 만나고, 가는 길마다 전에는 미처 보지 못했던 새로운 광경들을 보게 될 수도 있으니까.

모두 모를 일이다. 또 다시 모험의 첫 페이지다. 새로운 챕터,

---

* 생텍쥐페리, 『야간비행』 중

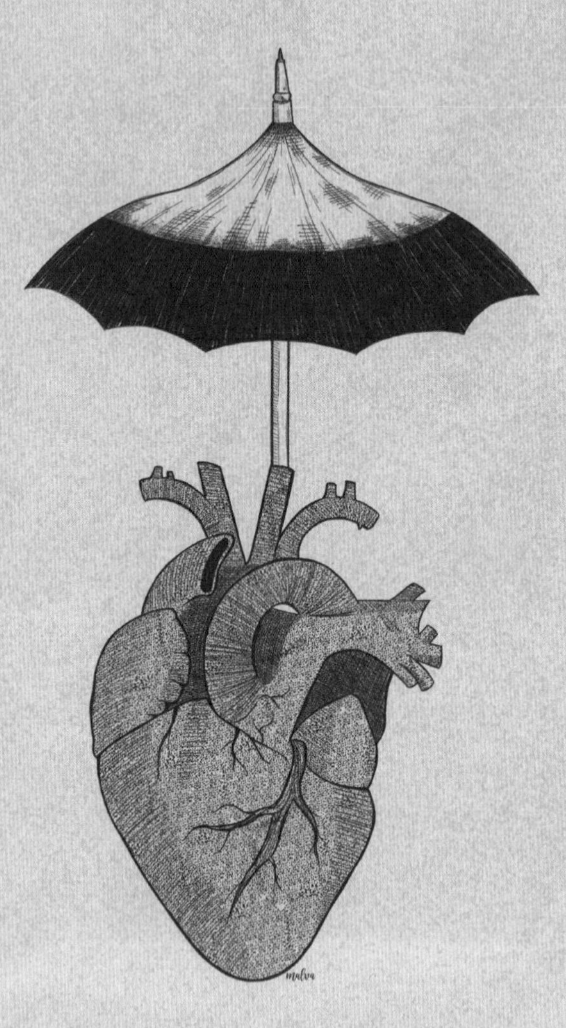
malva

새로운 시즌이다. 확실한 것은, 이제 손에 쥐고 있는 운전대로 난 어디든 갈 수 있고, 더 이상 누군가 정해준 길 위에서 남은 시간을 소비하지 않을 것이다.

| 나는 나를 말하는 사람 |

이제는 내 권리에 대해서, 인간으로서 마땅히 누려야 할 주체적인 모습을 되찾아야 한다고 생각한다. 아빠가 인정해주지 않아도, 오빠가 허락해주지 않아도 "이게 나니까 괜찮아"라고 의연하게 말할 수 있는 '나'. 불편하다고 느끼는 사항에 대해서 목소리를 내는 것이 두렵지만, 두려워하면서도 용기를 내어 소신껏 의견을 낼 수 있는 '나'. 그것은 마땅히 내가 누려야 하는 권리라고 주장할 수 있는 '나'를 욕망한다.

누군가에게 A부터 Z까지 구구절절 나의 입장과 생각을 이해시키고 설득해 동의를 구하는 노역에서 벗어나, 상대와 동등한 위치에서 합의와 협상을 하고, 경쟁과 경합을 펼치고, 내 주체성에 대한 정치를 펼칠 수 있는 삶을 꿈꾼다.

누군가의 사랑과 관심 속에서 보호받는 약자 위치에서 벗어나 두렵더라도 홀로 우뚝 설 수 있는, 오빠도 아빠도 아닌 스스로가 인정하고 허락한 주체적인 삶을 꿈꾸는 것이다.

여성의 삶은 20대, 늦어도 30대 안에는 일단락된다는 '여성판' 연령주의에서 벗어나기를, 기간에 구애받지 않고 계속 도전하며 살아갈 수 있기를 바란다. 청운의 꿈을 청년 시기에만 가질 수 있는 것이 아닌 30, 40, 50, 60살 이후에도 지속하여 가질 수 있는 삶을 살아가길 원한다.

나의 남자친구, 나의 남편, 나의 아들, 나의 직장 상사의 코멘터리가 자신의 정체성을 정의하는 삶에서 벗어나길 갈망한다. 내가 어떤 꿈을 꾸고 있고 그것을 이루기 위해 어떤 노력을 하고 있는지, 노력과 도전으로 어떤 실패를 겪었고 또 어떻게 다시 일어서게 되었는지가 'HERSTORY'가 되는 삶을 꿈꾸는 것이다.

에필
로그

날씨가 좋아. 당신이 가는 길에 별이 쫙 깔렸어

요새 글을 쓰며 가장 많이 한 생각은 '딱 10년만 더 빨리 내가 지금 알고 있는 것들을 알았더라면' 하는 원망과 후회였다. 내가 만약 10년 전, 18살이 되던 해에 누군가 이런 얘기들을 내게 해주었다면, 그래서 '가부장제 속의 이상적인 여성상'을 달성해야 행복한 삶을 살게 되는 것이라고 생각하지 않을 수 있었다면 오늘날의 나는 지금과는 사뭇 다른 모습이었을 것이다.

특히 20대 초반에 입었던 상처들을 피해갈 수도 있었을지도 모른다. 어쩌면 나는 기를 쓰고 재수를 하며 대학을 가지 않았을 수도 있고, 온갖 대외활동을 섭렵하고 인턴을 하며 대기업을 입사하기 위한 스펙 쌓기에 골몰하지 않았을지도 모른다. 남자친구들에게 잘 보이기 위해 사탕껍질 같은 옷을 사는데 돈을 쓰지 않고, 내 건강을 염려하지 않은 시술들을 무모하게 감행하지도 않고, 꾸밈과 관련된 각종 도구들을 사기 위해 에너지를 쏟지 않았을 것이다. 연애와 결혼을 인생의 필수 과제처럼 인식하여 그놈의 '이상적인 여성상'에 맞추고자 본연의 내 모습을 뜯어고치려 노력하지 않았을 것이다.

친구들과 만나서 남자친구, 썸남, 짝남 이야기를 할 시간에 나의 꿈과 야망에 관련된 이야기를 더 자주 했을 것이다. 새로 나온 신상 화장품에 대해 이야기를 나누는 대신 주식에 대해 이야기를 했을 것이고, 스타트업에 관련된 이야기를 나누었을 것이다. 보험과 부동산에 대한 이야기를 나누고 세계를 무대로 삼을 수 있는 소구점에 대해 이야기하며 가슴 떨려 했을 것이다. '네가 지금 외롭고 공허한 것은 좋은 남자를 못 만나서가 아니라 네 자의식을 제대로 표출할 수단과 방법을 찾지 못해서야'라고 말해주는 선배나 친구가 있었다면, 미팅과 소개팅에 나가는 대신 내 관심사와 관련된 세미나를 쫓아다녔을 것이다. 나를 가장 열심히 돌보려 노력했을 것이다. 가부장 사회에서 겪는 고충을 또 다른 가부장인 남자친구에게 토로하며 말 뿐인 위로를 받고 망각하는 대신.

당장 길거리에 두 발로 뛰쳐나가고,

불합리함을 고발하는 글을 쓰고,

부당한 상황에서 '그건 잘못됐어요'라고 목소리를 내는 용기를 발휘하고,

스스로를 불신하고 검열하는 자책감보다 두려워도 도전하는 자세를 가지고,

내가 고통 받아야 하는 시스템을 조금이라도 바꿔보고자 직접적인 행동을 취했을 것이다.

바로, 오늘날의 내가 그렇게 살고 있듯이.

내가 이 긴 타래를 엮어간 이들은 바로 10년 후 당신들이 기억할 '그런 얘기를 해줬던, 들려줬던 언니'가 되기 위해서다. 같은 이유로 더 많은 10대 후반의 20대 초반의 친구들에게 이 선동문이 방지턱 없이 쉽게 읽혔으면 하는 바람으로 최대한 쉬운 글로 풀어내고자 노력했다.

여성들의 말할 권리는 억압받아 왔고, 말할 자격을 의심받아 왔다. 목소리를 낼 수 있는 수단도 거의 없었다. 설령 용기를 내어 생각을 표현한다 하더라도 전파되기가 쉽지 않았다. 그래서 뭉칠 수 없었던 것이다. 하지만 이제는 시대가 조금씩 변하고 있다.

이제 여성들은 아이돌 굿즈가 아니라 여성 서사가 담긴 콘텐츠를 소비하며 정체성을 확립해 가기 시작할 것이라고 굳게 믿는다. 그런 시대가 오고 있다. 광풍의 조짐이다. 그리고 그 문턱에 우리가 서 있다. 헤르타 뮐러의 소설 『숨그네』에는 이런 구절이 나온다.

바로 거기, 가스 계량기가 있는 나무복도에서 할머니가 말했다. '너는 돌아올거야.' 그 말을 작정하고 마음에 새긴 것은 아니었다. 나는 그 말을 대수롭지 않게 수용소로 가져갔다. 그 말이 나와 동행하리라는 것을 몰랐다. 그러나 그런 말은 자생력이 있다. 그 말은 내 안에서 내가 가져간 책 모두를 합친 것보다 더 큰 힘을 발휘했다. '너는 돌아올거야'라는 말은 심장삽의 공범이 되었고, 배고픈 천사의 적수가 되었다. 돌아왔으므로 나는 말할 수 있다. 어떤 말은 사람을 살리기도 한다.

누군가 먼저 용기를 내어 그들의 뜻과 생각을 글로 남겨놓지 않았다면, 나는 지금도 1~2년 전 내 모습에서 한 치도 바뀌지 않은 채 스스로 의심하고, 탓하며 우울하고 고통스러운 하루를 꾸역꾸역 견뎌내고 있었을 것이다. 그러므로 오늘 나도 용기를 내어 글을 쓴다. 누군가의 한 마디가 나를 절망에서 구원했듯이 나의 글 중 한 구절이라도 누군가의 비난과 자책 그리고 자기 혐오와 검열 속에서 그를 구원할 수 있으리라는 희망으로.

당신 잘못이 아니야,
당신이 슬프고 우울하고 괴로운 것은 절대 당신 탓이 아니야.

누군가에게 사랑받지 못해도
아무것도 사랑하지 않아도
억지로 행복해지려 노력하지 않아도

무해한 미소를 내내 짓지 않아도 괜찮아.

그냥 네 지금 모습 그대로인 채로도, 당신은 이미 충분하고 온전한 사람이야.

* 참고 기사 및 논문 자료

우에노 치즈코. 『여성 혐오를 혐오한다』, 은행나무, 2012.

정희진. 『페미니즘의 도전』, 교양인, 2013.

리베카 솔닛. 『남자들은 자꾸 나를 가르치려 든다』, 창비, 2015.

정희진 外. 『양성평등에 반대한다』, 교양인, 2016.

케이트 밀레트. 『성 정치학』, 이후, 2009.

앤서니 기든스. 『현대 사회의 성 · 사랑 · 에로티시즘』, 새물결, 2001.

거다 러너. 『가부장제의 창조』, 당대, 2004.

발트라우트 포슈. 『몸 숭배와 광기』, 여성신문사, 2014.

수전 팔루디. 『백래시』, 아르떼, 2017.

러네이 엥겔른. 『거울 앞에서 너무 많은 시간을 보냈다』, 웅진지식하우스, 2017.

윤후정 外. "법여성학: 평등권과 여성", 『이화여자대학교』, 1989

오현숙. "소셜 미디어가 여대생의 신체 이미지 형서에 미치는 영향", 『광고연구』, 2017.

혼자서도 완벽한 행복을 위한 선택

연애하지 않을 권리

초판 1쇄 발행 2019년 1월 9일
초판 3쇄 발행 2019년 5월 30일
지은이 엘리

펴낸이 민혜영 | **펴낸곳** (주)카시오페아 출판사
주소 서울시 마포구 성암로 223, 3층(상암동)
전화 02-303-5580 | **팩스** 02-2179-8768
홈페이지 www.cassiopeiabook.com | **전자우편** editor@cassiopeiabook.com
출판등록 2012년 12월 27일 제2014-000277호
편집 이주이 | **디자인** 석혜진 | **일러스트** Martina Francone

ISBN 979-11-88674-46-6 03810

이 도서의 국립중앙도서관 출판시도서목록(CIP)은 서지정보유통지원시스템 홈페이지(http://seoji.nl.go.kr)와 국가자료공동목록시스템(http://www.nl.go.kr/kolisnet)에서 이용하실 수 있습니다.
CIP제어번호: CIP2018041770